꿈꾸는돌
32 언더, 스탠드

추정경 장편소설

2022년 7월 29일 초판 1쇄 발행
2023년 5월 8일 초판 2쇄 발행

펴낸이 한철희 | 펴낸곳 돌베개 | 등록 1979년 8월 25일 제406-2003-000018호
주소 (10881) 경기도 파주시 회동길 77-20 (문발동)
전화 (031) 955-5020 | 팩스 (031) 955-5050
홈페이지 www.dolbegae.co.kr | 전자우편 book@dolbegae.co.kr
블로그 blog.naver.com/imdol79 | 트위터 @Dolbegae79 | 페이스북 /dolbegae

편집 김정우·이하나
표지 디자인 김민해 | 본문 디자인 김민해·이연경
마케팅 심찬식·고운성·김영수·한광재 | 제작·관리 윤국중·이수민·한누리
인쇄·제본 상지사 P&B

ISBN 979-11-91438-72-7 (44810)
ISBN 978-89-7199-432-0 (세트)

언더, 스탠드

추정경 장편소설

돌베개

차
례

1   7

2   31

3   46

4   59

5   85

6   112

7   122

8   158

에필로그   165

1

그의 시선이 닿는 검은 화면이 갖가지 색상의 코드로 불야
성이었다.

화려한 아이템과 현란한 그래픽 효과가 오가는 게임 화면의
뒤편은 사람들로 북적이는 레스토랑의 주방처럼 분주하기 그
지없다. 밤잠을 잊은 유저들이 게임 삼매경에 빠지는 이때야
말로 게임 운영진이 가장 바쁜 시간이다.

하지만 한쪽은 즐기는 자, 한쪽은 직장인. 어느 쪽의 피로도
가 더 높은지는 자명한 일이라 가끔 게임 운영진이 해커 '반타
블랙'에게 긴급한 도움을 요청했다. 반타 블랙은 VR 헤드기어
를 벗고 보안 팀장이 보내 준 IP를 따라 곧장 관리자 화면으로

들어갔다. 관리자 모드로 유저들의 데이터를 관찰하는 그의 눈에 몇몇 비정상적인 움직임이 보였다. 팀장이 화면에서 그를 호출했다.

"게임 핵을 돌려서 캐릭터 능력치를 비정상적으로 올린 녀석들 보이죠?"

"초짜들 같은데요? 그냥 활동 정지 먹이면 되잖아요."

"아무래도 애들인 것 같아요. 자기들 포인트 올리고 이벤트에 무한으로 당첨되게 만들었더라고요."

"어떻게 해 드려요?"

"여기서 막아도 다른 게임 가서 핵 만들 놈들이에요. 거기서 걸리면 더 답이 없을 거고. 정신 바짝 차리게 해 주세요."

"알았어요. 같이 좀 놀아 주죠."

"아이템 패키지 보내 줄까요?"

반타 블랙은 아무런 대답이 없었지만 모니터에 깜박이는 커서에는 "내가 그딴 아이템이 필요할까요?"라는 코웃음이 달린 것 같았다.

"근데 게임 핵을 산 게 아니고 자기들이 뚝딱뚝딱 만든 거 같아요. 돈 주고 샀으면 바로 활동 정지인데 지켜보니까 기특하기도 하고."

"원래 이 게임 소스 허접하잖아요. 초딩도 만들겠구먼."

팀장은 잊고 있던 반타 블랙과의 과거지사가 떠올라 입을 다물었다. 그는 게임의 보안 프로그램을 깨고 자신의 ID에 무한 루프를 돌려 이벤트값을 최고로 올린 뒤 모든 레벨을 격파한 해커였다. 가능한 게임 핵° 시나리오를 만들고 게임의 취약점을 파일화 한 뒤 회사 측에 자료를 넘겼다. 그는 돈을 요구하지도, 돈이 될 게임 핵을 팔지도 않았다.

그저 게임 핵을 만들 수 있는 모든 경우의 수, 그리고 서버와 네트워크의 취약점을 알려 주고 떠났을 뿐이었다. 시말서를 작성하던 팀장은 다른 게임 업체 몇몇도 그런 식으로 반타 블랙으로 불리는 화이트 해커의 도움을 받은 것을 알았다.

대한민국에 어나니머스(anonymous)°를 능가하는 화이트 해커가 있었단 말인가. 이름도, 나이도, 성별조차 알 수 없었으나 반타 블랙의 실력에 묘한 동경심이 들었다. 삼국지 광팬인 팀장은 화룡도 좁은 길에서 조조를 살려 주는 대범한 관우의 그림자가 반타 블랙에게서 보인다고 했다가 팀원들의 원성을 샀다.

팀장이 반타 블랙의 열혈 팬이 되자 직원들은 네 편 내 편에 대한 경계가 모호한 그를 안쓰러운 눈으로 지켜보았다. 팀장은 반타 블랙을 직접 본 적은 없지만 그가 마음만 먹는다면 그 어떤 프로그램이나 네트워크도 뚫을 수 있다는 걸 직감했다. 또한 그에게는 자신을 절제하는 선이란 게 존재하고 함부

○ 게임 내 해킹 프로그램으로 원래 동작과 다른 동작을 유도하는 용도로 주로 사용.
○ 전 세계에서 점조직으로 활동하는 인터넷 해커 집단. '익명'이라는 뜻으로 회원은 3천 명 정도로 추정.

로 실력을 드러내지 않는다는 점도.

팀장은 동종 게임 업체 친구들에게 부탁해 반타 블랙과 연락을 취했고 그의 집요함을 인정한 반타 블랙은 팀장의 요청이 있을 때마다 게임 생태계를 엉망으로 만드는 핵들을 솎아 내며 청소를 도왔다.

게임에 접속한 반타 블랙은 실시간으로 활동 중인 이용자들 가운데 이상하리만치 HP(Health Point)와 이벤트값이 높은 세 명의 스테이지로 찾아갔다. 그들은 소스를 건드려 자신들의 점수를 높인 상태로 쉽게 레벨을 깨고 고난이도 단계로 올라 가고 있었다. IP와 개인 정보를 추적해 보니 셋 모두 K시 A구 같은 동 반경 5킬로미터 안에 거주하며 동일한 중학교에 다니는 학생이었다.

"친구 따라 강남 오셨네."

가장 쉬운 방법은 포인트를 몰수하고 바로 활동 정지를 먹이는 것인데 팀장은 기회를 주길 원했다. 이 녀석들에게 기회를 준들 개과천선이 가능하겠냐만은, 그렇다면 질풍노도의 청소년기를 지나는 이들의 태풍 진로를 조금 다른 곳으로 돌려놓는 걸로.

새로운 이벤트를 건 반타 블랙은 삼인방을 멀티플레이 모드로 초대해 함께 보스전에 입장했다. 자신들이 모르는 새로운 스테이지가 등장하자 쉬운 승리에 흥미를 잃어 가던 삼인방이 대번에 미끼를 물었다. 그들은 1초의 망설임도 없이 새 게임을 승낙했다.

스테이지가 바뀌었고 그들은 반타 블랙이 짠 새로운 판으로 들어왔다. 하지만 입장과 동시에 그들의 플레이값과 레벨, 아이템이 모두 원래 수준으로 되돌아갔다. 당황한 그들은 대화방에 '검은후드'라는 ID를 쓰는 다른 참가자가 있음에도 게임 핵을 언급하며 난동을 피웠다.

모든 것이 초기화된 상태에서 시작된 보스전을 포기하느냐, 포기하지 않느냐는 그들의 결정이었다. 그러나 검은후드는 게임을 정지시키고 그들에게 말을 걸었다.

"너희들 게임 핵 가지고 있었지?"

"어, 이 새끼 아직도 있었네?"

"꺼져. 야, 우리 여기서 나가자."

"그거 내가 없앴다."

"뭐래?"

"내가 너희들 불법 게임 핵 삭제했다고."

"네네, 그러셨어요? 우리 집도 찾아오시겠네요?"

"직접은 됐고 경찰을 보낼게."

대화 창이 낄낄거리는 이모티콘으로 도배됐다. 녀석들은 검은후드를 놀려 대기 시작했다.

"찾아와 봐. 오면 형이 아이스크림 사 줄게."

"나 아이스크림 안 먹어."

"네, 그러세요. 그럼 떡볶이라도 사 줄까? 형아 사는 동네로 올래?"

"K시는 근처도 안 가 봤어."

그 말에 셋 중 둘의 대화 창이 웃음 이모티콘으로 도배되었다. 그 말의 속뜻을 알아차린 놈은 겨우 하나였다.

"야, 다들 조용히 해!"

"아, 왜 성질이야!"

"조용히 하라고!"

뒤늦게 사태를 파악한 두 번째 녀석이 겁을 먹은 채 나머지 한 친구를 말렸다.

"준서야. 아니, 그게 아니고."

친구의 이름을 불러 버린 두 번째 아이는 간신히 대화 창에 말을 썼다.

"……이 새끼한테 우리 어디 사는지 얘기한 적 없다고."

조심스레 이유를 설명하자 뒤늦게 상황을 알아차린 세 번째 아이의 입이 닫혔다.

"떡볶이는 알아서들 먹고 어느 집부터 찾아갈까. 뭐, 셋 다 같은 동네 죽마고우시니 가나다순으로 김준서부터. 김준서, 16세, 주소는…….”

"야, 전부 화면 닫아."

일순간에 화면이 조용해졌다. 검은후드는 옅은 웃음을 흘리며 녀석들의 반응을 기다렸다.

"로그아웃이 안 돼!"

"그러고 보니 우리 게임 멈췄잖아!"

그들의 고함이 귓전을 때리는 것처럼 생생했다.

"이 게임 핵 누가 만들었어?"

그들은 동시에 입을 닫았다. 검은후드는 그들이 작당 모의할 틈을 주지 않고 바로 본론으로 들어갔다.

"여기서 컴퓨터 강제 종료하고 나가면 너희 컴퓨터는 랜섬웨어 공격받아서 좀비가 될 거야. 대답 잘 해. 게임 핵 누가 만들었어?"

김준서의 경악스러운 표정이 눈에 선했다. 검은후드가 컴퓨터 프로그램 버튼을 누르자 김준서의 휴대 전화가 울리기 시작했다.

"전화받아, 김준서."

이상한 번호가 뜬 액정 화면을 들여다보던 김준서는 한참 만에 떨리는 목소리로 전화를 받았다.

"……지금도 장난 같은가?"

변조된 굵은 목소리가 김준서를 더욱 두렵게 만들었다.

"내, 내 번호 어떻게 알았어……요?"

"바보 같은 질문이군. 다시 묻지. 누가 만들었어?"

전화가 끊어지고 대화 창이 활성화됐다.

"불법 게임 핵 사서 플레이 한 거 걸리면 그건 엄마한테 혼나는 걸로 끝나지 않아."

그 말에 발끈한 건 잠자코 있던 두 번째 아이였다.

"무슨 소리예요! 에임 핵, 무적 핵, 아이템 핵 다 몇 날 며칠 걸려서 만든 거라고요!"

"판 적은?"

그들은 여전히 모르쇠로 일관했다. 아마 셋만의 단톡방에서 머리를 맞대고 대안을 쥐어짜느라 바쁠 것이다.

"통장 털어 보기 전에 제대로 말하자. 게임 핵 팔았어?"

"아뇨, 우리끼리 돌리려고 만든 거지 팔지는 않았어요."

"그래, 이런 수준의 게임 핵을 돈 받고 팔면 없는 양심이 바닥을 뚫고 들어가는 거지."

셋은 일순간 입을 다물었다. 그들은 일방적으로 취조당하고 있었지만 대화 창을 닫을 수조차 없었다.

"게임 핵을 만들어서 유포하는 건 불법이고 범죄야. 너희들이 아직 어려서 괜찮을 거라고 생각한다면, 키보드 좀 만진답시고 이런 걸 만들었다간 앞으로 이쪽 분야에는 발도 못 붙이게 될 거라는 걸 알려 주지. IT 쪽은 해킹으로 빨간 줄 달고 들어온 놈을 전혀 달가워하지 않아. 몰래 백도어를 심고 뒤통수를 칠지 모르는 사람에게는 관리자 권한을 주지 않지."

셋 중 가장 뛰어난 실력으로 나머지 두 친구를 끌어들인 아이를 지목해 한 말이었다.

"구글 같은 데서 서로 데려가려고 한다던데."

"천 억을 만들 능력이라면 구글 할아버지라도 데려가지. 근데 백 원짜리 하나 훔치고 빨간 줄 그어진 놈은 아무도 거들떠 보지 않아. 그게 지금 너희 실력이고."

"그럼 아저씨는 어나니머스 정도 돼요? 우리도 들어갈 수 있나?"

"정의로운 어나니머스가 불법 게임 핵 만드는 너희들을 스카우트해 갈 것 같아? 물론 지금은 정보통신망법 위반이나 게임산업진흥법 위반으로 기소되어도 벌금과 추징금 정도만 내고 감옥에 가지 않겠지만, 만약에 너희가 이 세계에서 진짜 노동으로 돈을 벌 기회가 온다 해도 너희 이름이 적힌 그 블랙리스트는 그대로일 거야. 게임 핵은 만들 수 있어도 빨간 줄 그어진 이름 석 자는 지울 수 없으니까."

"그럼 이제 어떻게 해요?"

"그걸 왜 나한테 묻지? 난 진로 상담 선생님이 아냐."

"누가 진로 걱정해 달랬어? 자기도 불법 해킹이나 하는 주제에. 야! 널리고 널린 게 게임이야. 이 게임 하나 못 한다고 아쉬운 거 없거든."

"아니, 동종 업계 블랙리스트 명단에 오르게 되면 너희 명의로 만든 모든 ID는 차단당할 거야. 엄마, 아빠 명의 못 파면 다른 게임에 가서 친구 ID 빌리고 핵이나 만들어 놀게 되겠지."

"당신은 어른이잖아. 하지 말라고만 하고 뭘 어떻게 해야 하는지 안 가르쳐 주면 어쩌란 건데?"

"내가 너희 멘토도 아니고 그런 미친 짓을 왜 하지? 어른이 너희 인생을 설계해 주고 책임져 줘야 한다는 정신 나간 개념부터 버려."

그들은 인정하기 싫어도 반타 블랙의 말이 옳다는 걸 알았다. 한 아이가 조심스럽게 질문을 던졌다.

"우리 이제 어떻게 해요?"

"너희는 지금부터……."

잔뜩 기대에 부푼 아이들이 일순 조용해졌다.

"……생각이란 걸 하고 살아."

그 말을 끝으로 반타 블랙은 대화 창을 닫았다. 화면이 암전되자 검은 모니터에 자신의 얼굴이 얼비쳤다. 모니터는 현실 속 열여덟 살 그의 모습을 있는 그대로 보여 줬다. 아마 그가 열여덟인 걸 알았다면 녀석들은 더 열 받았겠지. 반타 블랙이란 이름 뒤의 천지웅은 그들과 다름없는 10대였다.

어려서부터 줄곧 천재 소리를 듣고 월반을 하며 대학을 졸업한 뒤, 그는 자신의 더딘 행복과 제 인생의 속도는 무관하다는 것을 깨달았다. 그 뒤, 그는 로켓에서 내려와 지상의 삶을 살기로 했다. 다섯 살에 미적분을 푼다고 좋은 사람이 되고 행복한 사람이 되는 게 아니란 걸, 더 오랜 시간을 산 어른들조차 알지 못했다.

뛰어난 머리는 그저 머리일 뿐, 세상의 그 무엇을 쉽게 바꿀수 있는 만능 키가 되지 못한다. 세상의 찬사에 부합할수록 점점 자신의 행복과 멀어질 뿐이었다. 또한 세상을 바꾸기는커

넝 자신 하나 바꾸기도 어렵다는 걸 깨달은 지 오래였다.

시계는 밤 10시 28분을 가리키고 있었다. 지웅은 잠시 내려놓았던 헤드기어와 컨트롤러를 다시 꼈다. 방 안을 메우고 있는 여러 대의 컴퓨터 중 가장 오른쪽에 있는 메인 컴퓨터는 여전히 VR 프로그램을 가동하는 중이었다.

그가 가장 오랜 시간을 머무르는 가상 세계로 들어가자 배경은 순식간에 밤바다에 떠 있는 멸치잡이 배 위로 바뀌었다. 칠흑 같은 어둠 속에 반 토막 난 달마저 없었다면 겨울 끝자락의 밤바다는 불이 꺼진 냉동고와 다를 바 없었을 것이다. 갑판에 부딪힌 파도도 얼음이 되었다. 지웅은 조용히 어둠 속으로 스며들어 프로그램에 참여한 다른 유저들을 관찰했다.

게임 핵을 만드는 아이들을 단속하던 보안 관제사였던 지웅은 순식간에 그의 본모습인 해커로 돌아왔다. 이 프로그램 안에선 그 역시 초대받지 못한 불청객이다.

배경 시각은 달마저 파리하게 질린 새벽 3시 40분. 배는 어스름한 달빛을 받으며 검은 파도 앞으로 나아가고 있다. 비린내를 뒤집어쓴 선원들은 염장한 생선처럼 죽은 듯 잠이 들었고, 선장과 갑판장만이 깨어 검은 바다를 바라보고 있었다. 어디선가 들리는 묵직한 엔진음과 함께 분무기로 뿜어내는 듯한 기름 냄새가 풍겨 왔다. 바닷물과 기름과 생선의 살점이 뒤섞여 강렬한 냄새를 만들었다. 배가 파도 위에서 심하게 요동칠

때마다 그의 뇌는 흔들림을 감지하고 몸 안에 든 것들을 게워 냈다. 토사물마저 욕지기가 나올 만큼 현실적이었다.

인도네시아인 선원 하나가 일어나 갑판으로 나가더니 부표를 발견하고 손을 흔들었다. 컴퓨터로 한 치의 오차도 없이 기록된 GPS 좌표는 그들이 쳐 놓은 그물의 위치를 정확히 알려 주었고 양망기는 무거운 줄을 휘감아 바닷속 그물을 끌어 올렸다. 빈 그물이 감기는 동안 수마트라섬 출신 선원들은 말이 없었다. 고향에서 어부였던 그들은 수천 킬로미터 떨어진 한국에서도 뱃사람이었다. 그들의 바다와 배 위의 삶은 바뀐 것이 없다.

몇 마디 인도네시아어는 파도에 집어삼켜져 떠내려갔다. 어두운 얼굴로 그물을 확인하고 다시 감아올리는 것으로 그들의 일은 끝이 났다. 선원은 다가와 부표의 깃발을 떼어 내고 새로운 깃발을 달아 바다에 던졌다. 몇 번의 이양과 투망을 반복하는 동안 시간이 흘러갔다. 지루하다고 느낄 틈도 없이 몸은 고된 노동을 만겁의 시간으로 받아들였다.

시뮬레이션이 시작된 지 두 시간이 넘었지만 날은 밝아 오지 않았다. 아마 처음부터 이 멸치잡이 시뮬레이션에 밝아 오는 아침이란 건 존재하지 않았을 것이다. 아침을 생각할 수 없을 만큼 처절한 겨울 바다, 그것은 현실감을 극대화한 이 VR의 특징이었다.

지웅은 어둠 속에 몸을 숨긴 채 참가자1을 지켜보았다. 가상의 세계에선 유저들이 서로의 아바타를 통해 존재를 인식했지만 지웅의 아바타는 보이지 않았다. 완전한 블랙인 그의 아바타는 늘 그늘진 어딘가에 숨어 있기 때문이었다. 참가자1이 1단계를 완료하자 두 가지 옵션이 떠올랐다.

'어종을 바꾸시겠습니까? YES or NO'

참가자1이 멤버들을 기다리는 사이 테스트에 참여한 다른 멤버가 옵션을 바꾸고 2단계로 넘어가 버렸다. 밤바다의 한쪽 귀퉁이에 점멸하는 네온사인이 깜빡였다. 종료와 변화, 선택지는 둘뿐이다. 참가자1이 시각 트래킹 기능으로 'YES'를 응시하자 부연 설명이 나타났다.

기장 앞바다가 영하 20도 베링해의 더욱 혹독한 환경으로 바뀐다고 화면 상단의 정보 창은 위험을 친절하게 알려 주었다. 몇 초간의 버퍼링 후 화면은 블랙아웃 되었다.

물고기가 바다를 바꾸었다. 바다에 따라 모든 것이 바뀌던 을의 처지에서 돌연 물고기가 주도권을 쥔 상위 개념이 되었다. 멸치가 킹크랩으로 바뀌자 순식간에 파도의 높이가 달라지더니 산을 집어삼킬 듯이 참가자1을 덮쳤다. 아파트 10층 높이의 파도에 메이저리그 투수의 직구만큼이나 빠른 강풍이 더해지자 배 위에서 제 몸 하나 지탱하기도 힘들었다. 통째로 뒤집어쓴 파도는 순식간에 얼음이 되었다.

화면의 해상도는 높았지만, 초점이 흔들렸다. 실제 조업 환경과 똑같이 만들려고 일부러 시야를 흐리게 만든 것인데 너무나 현실적이어서 오히려 문제였다. 한번 배에 오르면 하루에 두 시간 쪽잠을 자고 조업에 나서야 하는 극한 환경을 흡사하게 구현하기 위해 졸음 뇌파도 흘러나왔다. 그래서 유저는 프로그램에 진입한 순간 자신도 모르게 몽롱한 상태가 되었다.

칼바람이 몰아치는 미끄러운 갑판에서 조금만 발을 헛디디거나 한눈을 팔면 목숨을 잃는 생지옥이었지만, 그 조업 한 번의 수당이 억대였다. 물론 시뮬레이션상에선 별이나 골드나 점수 같은 가상의 화폐였지만. 잠깐의 실수에도 바로 아웃당해 버리는 희한한 VR 프로그램임에도 회사 내부의 반응은 열광적이었다. 컨트롤러는 약간의 전류를 흘려 갑판에서 미끄러지거나 부딪친 유저에게 그에 상응하는 고통을 주었지만 그들은 홀린 듯 시뮬레이션을 벗어나지 못했다.

사실 그들이 선원의 역할을 완수해 내는 것은 아니었다. 킹크랩이 담긴 통발이 올라왔지만 누구 하나 그 근처에 다가가지 못하고 있었다. 통발 속의 킹크랩을 갑판 아래 저장고에 넣어야 하지만 다들 제 몸 하나 가누지 못했다. 팀원들은 기둥을 붙잡은 채 얼음송곳처럼 찔러 대는 파도를 오롯이 맞고만 있었다. 작업복이 딱딱하게 얼어 몸을 움직이기 힘들었고, 바다에 빠지지 않도록 몸통과 기둥을 연결한 쇠사슬이 그들의 가슴을 옥죄어 갈빗대가 부러져 나갈 듯한 고통을 안겼다.

"와! 몰입감 장난 아닌데? VR 멀미가 너무 심한 거 아니야? 갈비뼈도 아프네."

"전류 설정값이 높은지 확인해 봐."

오늘로 스물두 번째 테스트였건만 '참가자1'이라는 닉네임을 쓰는 목훈 역시 갑작스럽게 높은 몰입감과 현실감에 내심 당황하던 터였다. 파도에 튕긴 쇠사슬이 목훈의 몸을 휘감다가 풀렸다. 바닷물에 얼어붙은 손으로 미끄러운 쇠사슬을 끌어당기자 손바닥의 생살이 쓸려 나갔다. 가상이지만 살점이 떨어져 나간 손을 바라보는 기분은 이상했다. 그러나 살점을 내주지 않았다면 그의 몸 전체는 저 검푸른 바다 어딘가로 사라져 버렸을 것이다.

"대표님, 파도 와요!"

그 말과 동시에 위험을 알리는 빨간 경고등이 깜빡였고 집채만 한 파도가 그들을 덮쳤다. 파도는 500톤급 어선을 장난감처럼 들어 올려 거친 바다에 짓이겼다. 파도가 들이닥치자 그의 몸은 부표처럼 떠올랐다가 갑판 바닥에 내동댕이쳐졌다.

육중한 무언가에 얻어맞은 듯한 엄청난 고통이 강타했다. 실재하지 않아야 할 고통이 그의 몸을 지배했다. 바닷물에 흠뻑 젖어 버린 옷과 온몸 곳곳의 고통스러운 통증은 이 모든 것이 실제 상황이라고 외쳤다.

가상에서 맞닥뜨린 공포는 배양 접시의 세균이어야 옳았다. 절대 이 공간을 넘어서지 않는 한계가 있는 두려움이어야 했다. 그럼에도 심장께에서 깜빡이는 빨간 버튼이 급격히 상승한 그의 심박수에 위험 경고를 보내며 시뮬레이션을 종료하길

권고했다. 경고음이 커졌으나 그는 종료 버튼을 누를 수 없었다. 갑판 어딘가에 있어야 할 다른 직원들이 보이지 않았다. 가까운 곳에서 절절한 외침이 들렸다.

"살려 주세요!"

목훈은 소리가 나는 쪽으로 힘겹게 발걸음을 돌렸다. 킹크랩을 채워야 할 저장고에 떨어진 팀원들이 아우성을 치고 있었다.

"여기서 어떻게 빠져나가요?"

그 답을 모르긴 목훈 역시 마찬가지였다. 주위를 둘러보니 비껴 놓은 사다리가 보였다. 갑판 위에 남은 건 목훈과 윤 팀장 두 사람뿐이었다.

"대표님, 어떻게 해요?"

"관리자 모드로 전환해서……."

파도는 잠깐의 틈조차 주지 않고 다시 배를 찍어 눌렀다. 그의 시선은 검은 하늘 위로 붕 떠올랐다가 바닥에 처박혔다. 일인칭 시점 모드를 적용하는 바람에 더 강렬한 멀미가 느껴졌다. VR 컨트롤러가 먹통이었지만 프레임이 끊기거나 오작동되는 일은 없었다.

"와, 이 정도면 그래픽도 팍팍 끊겨야 하지 않아요?"

"본인이 만들었다고 자랑이야?"

그의 농담을 받아 주기엔 너무나 위급한 상황이었다. 그때 칠흑 같은 바다 저 너머의 달빛을 받은 파도 끝이 그의 머리

10미터쯤 위에서 반짝였다.

"저게 뭐지?"

"설마! 저거 파도예요?"

"윤 팀장! 저장고로 들어가! 어서!"

그가 한 걸음도 떼기 전에 파도가 들이닥쳤다. 파도가 선수를 내리찍고 배가 좌현으로 기운 순간 그는 반쯤 정신을 잃었다. 혼미한 의식 너머로 누군가의 목소리가 머릿속을 잠식했다.

"그렇게 버티다간 죽게 될 거예요."

"그렇게 버티다간 죽게 될 거예요."

처음엔 시스템 오류라고 생각했다.

하지만 눈에 보이는 것은 오류가 아니었다. 비바람 속에서 달빛에 드러난 남자는 홀로 우뚝 솟아난 바위섬처럼 흔들림 없이 그를 바라보았다. 지웅은 어둠 속에서 천천히 걸어 나왔다. 그는 형체만 보이는 그림자로 목훈 앞에 섰다. 목훈은 그 그림자에 맞춰 시각 트래킹을 해 보았으나 어떤 정보도 떠오르지 않았다. 이 사람은 알파 테스트에 들어온 회사 참가자가 아니었다.

"캐릭터예요?"

윤 팀장이 말했다. 목훈은 남자가 누군가의 가상 캐릭터라는 생각이 들지 않았다. 그는 계속 남자를 주시했지만 스크린에는 연신 '알 수 없음'이란 메시지가 떠올랐다. 얼굴은 보이지 않았으나 남자의 목소리는 너무나 현실적이었고 움직임 또한 전형적이지 않았다. 그는 파도가 몰아치는 와중에 얼음이 깔린 갑판에서 저 혼자 자유롭게 돌아다니고 있었다. 마치 시공간의 제약을 뛰어넘은 듯.

그때 윤 팀장의 머리 위에서 그의 ID인 'logicX'가 깜박이며 위급 상황임을 알렸다. 그의 시뮬레이션 전압이 위험 상태에 도달해 있었다. 목훈의 UI(User Interface)도 그의 체력 저하를 경고했다.

"대표님, 스테이지가 갑자기 '스톰9'으로 바뀌었어요. 모든 위험치가 최고조고 HP는 바닥이에요."

"윤 팀장, 로그아웃해!"

"대표님은요?"

"맨인더미들어택(Man In the Middle Attack)°이야. 먼저 나가라고!"

"네?"

다급한 목훈이 윤 팀장을 저장고로 밀려는 바로 그 순간 또다시 배가 휘청였다. 그때 남자가 다가왔다.

"어? 이 사람 왜 이름이 없죠?"

목훈은 낯선 이의 대답을 기다렸다. 그는 귀찮은 듯 자신의 머리 위로 손을 올렸다. 그의 머리 위에 'unknown'이란 닉네

○ 통신하고 있는 두 대상 사이에 개입하여 당사자들이 교환하는 정보를 바꿈으로써 들키지 않고 도청하거나 거짓 정보를 생성하는 컴퓨터 보안 침입 수법.

임이 활성화되었다.

"뭐야, 방금 닉네임 창을 멋대로 만든 거예요?"

"해킹 당했어."

해커는 통신으로 진행되는 VR의 로비에 침투하는 중간자 공격 방식으로 들어왔다. 해커가 서버를 장악했다면 접속하는 모든 이의 정보가 뚫릴 수 있었다. 윤 팀장은 그제야 눈앞까지 다가온 남자를 제대로 볼 수 있었다. 비바람 때문에 바로 앞도 가늠할 수 없었지만 단 하나 분명한 것이 보였다.

"분명 들어와서 로비를 점검했는데. 앗! 이 사람 HP가 왜 이렇게 높아!"

"……코드 함수를 변조해서 제 HP는 올리고 다른 사람은 바닥으로 만들었어."

목훈은 그가 유일하게 자신의 HP값만 건드리지 않았음을 알았다. 그가 자신에게 할 말이 있음을 직감했다.

"왜 남의 테스트에 함부로 침입한 거지?"

"테스트 참가 인원은 많을수록 좋은 거 아닌가. 그래야 나 같은 버그도 잡아낼 수 있고."

"목적이 뭐야?"

"잘 만들었네요. 현장감도 좋고 그래픽이 끊기지도 않고 사각지대도 없이 연결되고."

"불청객은 나가 주시지."

"레벨을 끝까지 올려 보고 싶은데."

그 말과 동시에 비바람이 거세지며 거친 폭풍우가 휘몰아치기 시작했다. 배는 뒤집힐 듯 출렁이며 모든 참가자들을 뒤섞었다. 저장고 안의 사람들은 그물 안 물고기처럼 이리저리 치이고 부대꼈다. VR 멀미 차원을 넘어서서 죽음에 대한 공포감을 느낄 만큼 엄청난 진동이었다.

그들은 살고자 보이는 대로 밧줄과 난간을 붙잡고 비명을 질렀다. 그 고통이 너무나 실재적이어서 시뮬레이션이란 걸 잊을 정도였다. 폭풍우의 한가운데에 있는 듯 가공할 만한 두려움이 몰아쳤다. 그 속에서 미동도 없이 홀로 서 있던 해커는 순식간에 'logicX' 옆으로 이동해 그의 왼쪽 가슴에 있는 종료 버튼을 가리키며 말했다.

"여기서 아웃."

지웅의 말과 동시에 윤 팀장이 테스트에서 강제 로그아웃되었다. 아래에서 지켜보고 있던 다른 이들이 당황하기 시작했다. 해커의 손가락에서 뻗어 나온 광선이 그들의 로그아웃 버튼을 향했다.

"뭐, 뭐야!"

"당신도."

"뭐라는 거……."

단말마의 목소리를 남긴 많은 이들이 프로그램에서 강제 로그아웃 당했다. 남은 것은 이제 목훈 하나였고 그 역시 난간을 붙잡고 위태롭게 매달린 상태였다.

"이제 듣는 귀가 없으니 편하게 말할 수 있겠네요. 목 대표님."

"원하는 게 뭐야?"

"이거요. 직접 확인해 보려고요. 게임 핵이나 삭제하는 건 지겹더라고요."

"이건 게임 프로그램이 아니야!"

"다들 그렇잖아요. 리버스 엔지니어링으로 소스 코드 베껴서 복제 게임이나 만들고 이벤트 점수나 무한 리필 하는 흔해 빠진 상상력들. 또 그걸 눈감아 주고 만들고."

"근데?"

"쓰레기를 베끼지 않고 쓰레기를 만들지도 않고, 그게 목 대표 신조면서. 그래서 매번 코드도 어렵게 만들잖아요."

"뭘 바라나?"

"프로그램 엎으세요."

"뭐?"

"BCI(Brain-Computer Interface)°는 시기상조예요. 이게 활성화되면 게임 속에서 사람이 죽게 되겠죠. 너무 간절한 마음 때문에 생각보다 역대급인 괴물이 되었네요. 이 프로그램의 실재성이 현실 속 인간을 죽일 거예요."

○ 두뇌의 정보 처리 결과인 의사 결정을 언어나 신체 동작을 거치지 않고 시스템의 센서로 전달하여 컴퓨터에서 해당 명령을 실행하는 접속기.

"무슨 말도 안 되는……."

그 순간 가공할 만한 파도가 뱃머리를 찍어 눌렀다. 공중에 붕 뜬 그의 몸이 다시 갑판에 떨어지기까지 수 초가 걸렸다. 바닷물과 함께 미끄러지다 겨우 밧줄을 잡고 난간에 매달린 그는 이 시뮬레이션 안에서 자신이 죽을 수도 있음을 깨달았다. 게임의 죽음은 곧 현실의 죽음이 된다는 남자의 말을 부정할 수 없었다.

그는 비바람을 뚫고 초연히 다가왔다. 모든 것이 실제인데 오직 그만이 실재하지 않았다.

"인간의 염이 예술이 되면 신의 눈길이 머무를 만한 대작을 만들죠. 미켈란젤로의 조각이 그랬고, 모차르트의 음악이 그랬어요. 자신의 고통을 승화해 만든 작품은 다른 인간을 치유해요. 하지만 신을 거스르는 과학과 인간을 이해하지 못한 기술은 인간의 몸만 먼 미래에 데려다 놓습니다. 결국 정신과 몸은 분리되고 말아요."

"무슨 소리냐고!"

"아직 때가 일러요."

"왜?"

"목 대표가 처음은 아니에요. 미국에서도 인도에서도 BCI가 나온 지 한참 됐는데 그들은 아직 답보 상태죠. 가상과 현실이 완전히 조화되는 기술은 뭐, 얼마든지 있어요. 한 가지 다른 점이라면 당신의 고통은 다른 이를 치유할 힘을 가졌다는 정도.

우리가 불을 켜도 세상은 아직 밤이에요."

"알아듣게 설명해!"

"뇌파로 연결되는 VR이 발표되면 현실의 혼란만 가중된단 소리죠. 가상 세계는 현실로 들어왔는데 사람들의 의식이 좇아가지 못하니까. 훔쳐 낼 사람은 많은데 당신은 그걸 지킬 힘도 없고."

그는 목훈의 왼쪽 가슴에 장착된 VR 기어의 버튼에 손을 올리고 그를 바라보았다. 목훈은 그저 어둠이었던 그의 얼굴을 이제는 또렷이 볼 수 있었다. 3D로 구현된 그의 얼굴에서, 조금은 슬픈 듯한 눈이 보였다. 목훈은 그 안에서 보이지 않아야 할 자신의 형상을 눈부처로 봄으로써 둘이 실제처럼 조우하고 있다는 걸 깨달았다. 바로 그 순간 멸치잡이로 시작된 베링해 시뮬레이션은 지웅에 의해 강제 종료되었다.

헤드기어의 전원은 그대로였으나 시뮬레이션은 종료된 상태였다. 의식이 돌아온 그는 헤드기어를 벗으며 묘한 기분에 휩싸였다. 테스트실 안에 모인 나머지 세 명이 그를 바라보고 있었다.

"대표님…… 어떻게 된 거예요?"

"해킹 당했어."

"누구예요?"

"몰라. 프로그램에 재진입은 안 됐지?"

"관리자 모드고 뭐고 아예 로그인이 다 차단당했다니까요. 어종도 저희가 바꾼 게 아니에요."

그들은 강제 종료된 뒤 프로그램에 재진입하려고 했으나 어떤 이유에선지 차단당했고 목 대표를 데리고 나오는 것 또한 저지당했다. 목 대표를 바라보는 그들의 눈빛에 두려움이 가득했다.

이번은 디버깅을 위한 자체 알파 테스트였고 아직 외부에 베타 테스트를 알릴 시기도 아니었다. 이 새벽에 누군가가 그들의 테스트 프로그램에 침입하리라곤 아무도 예상하지 못했다. 그러나 그들은 한목소리로 말했다. 배 위의 현실은 죽음의 공포를 느낄 수준이었노라고.

목훈은 그들의 말에 동의했다. 그와 직원들은 실제 세계로 귀환해 목숨을 부지했다. 물론 시뮬레이션상에서의 죽음은 현실의 죽음이 아니지만 이 기이한 귀환은 정말 생사의 갈림길에서 살아 돌아온 것처럼 생생했다.

다시 접속을 시도했으나 관리자인 그의 재접속도 가로막혔다. 목훈이 주인인 세계에서 주인을 쫓아낸 손님인 해커는 시뮬레이션 안에서 마치 모든 이의 생사여탈권을 쥐고 있는 신처럼 말하고 행동했다.

가느다란 불쾌감이 그의 목덜미를 붙잡았다.

2

아침까지 코드를 점검한 목훈은 탈진한 채 리클라이너 의자를 뒤로 젖히고 눈을 감았다. 코드에선 그 어떤 오류도 확인되지 않았다. 서버도 마찬가지고, 헤드기어에도 아무런 문제가 없었다. 평소와 다를 바 없는 VR 프로그램일 뿐이다.

그런데 왜 해커의 말이 사실인 것 같을까?

왜 마지막 순간 그의 말이 사실인 것처럼 느껴졌을까?

도무지 답이 없는 질문들이 쌓여 가자 그는 헤드기어를 쓰고 다시 프로그램 속으로 복귀했다. 지친 몸을 이끌고 호텔 로비로 들어서자 그의 전담 컨시어지가 다가왔다.

"오늘은 일찍 퇴근하셨네요."

"네, 그렇게 바라던 오전 퇴근입니다."

"모닝콜은 같은 시각으로 할까요?"

"아뇨, 한 시간 뒤로."

오전 11시면 아직은 오전이니 모닝콜이 맞겠지. 그는 머릿속으로 혼잣말을 하며 엘리베이터를 향해 걸어갔다. 목훈의 피로도를 파악한 컨시어지는 눈치껏 엘리베이터를 잡고 19층 버튼을 눌러 준 다음 사라졌다.

엘리베이터가 19층에 도착하자 목훈은 익숙한 통로를 따라 자신의 방을 찾아갔다. 1902호, 카드 키 대신 홍채 인식으로 방에 들어서자 정돈된 호텔 객실 특유의 향이 그를 맞았다. 암막 커튼을 젖히고 밖을 내다보니 검은 밤바다의 수평선을 메우고 있는 배들의 집어등이 보였다. 어느 때는 영종도 앞바다가, 또 어느 때는 속초 앞바다가 보였지만 해가 진 후라는 설정은 늘 같았다. 텅 빈 바다보다 고깃배들이 점점이 떠 있는 쪽이 좋은 건, 보석처럼 박힌 그 불빛 덕에 바다가 따뜻해 보여서였다.

그는 털썩 침대 위에 주저앉았다. 깨끗하게 세탁되어 특유의 향기가 나는 이부자리와 무소음에 가까운 방음, 자신만의 완벽한 공간 속에 진입했다는 안도감을 느끼자 잊고 있던 잠이 밀려왔다. 옷도 갈아입지 못한 채로 겨우 이불 속으로 파고든 뒤 의식이 끊겼다.

컨시어지가 설정한 모닝콜은 그가 잠이 들고 한 시간 후에

울릴 것이다. 그 한 시간을 채우고 일어나면 여섯 시간을 푹 자고 일어난 듯 개운함을 느끼게 된다. 사실 이 VR 역시 병원의 불면증 치료 프로그램 중 하나였다. 비록 기획 당시엔 자신이 이 프로그램의 가장 큰 수혜자가 될 것을 예상하지 못해 기획안을 올린 윤 팀장에게 지청구를 먹였지만. 프로그램이 초기 기획안과 단 하나 다른 점이 있다면 그의 취향대로 호텔 옵션이 추가되었다는 것뿐이다.

다른 사람들이 휴식 공간으로 자기 침실과 가장 흡사한 형태나 여러 휴양지를 제안한 반면 목훈은 정형화된 호텔을 넣자고 주장했다. 공간에 아무런 기억이 묻어 있지 않아야 마음이 편한 사람도 있다고 팀원들을 설득하며.

귀에 거슬리지 않는 백색 소음과 그가 선택한 반타 블랙 색상 커튼이 있는 곳. 한두 시간이나마 이 프로그램 속에서는 늘 깊은 잠을 잘 수 있었다. 현실의 그는 리클라이너 의자에서 조그마한 담요 하나 덮고 누운 상태지만 의식 속의 그는 누구보다 편안한 잠자리에 들었다.

그러나 알람이 울리기도 전에 그를 깨우는 이가 있었다. 시계를 보니 아직 1분도 지나지 않은 시각, 이 타이밍에 그에게 문자를 보낼 유일한 사람의 연락이었다.

'일전에 서진 어미가 보내 준 홍삼 잘 받앗다.

챙겨 먹고 잇다.

어제 치과에 갓다가 한 소리를 들엇다.

보호자를 데리고 오라더라. 전화 줘라.'

아버지는 모든 쌍자음을 단자음으로 쓰는 버릇이 있었다. 맞춤법이 제멋대로인 문장을 읽어 내는 건 고역이었으나 노인은 끝내 그 성정을 고치기를 거부했다.

결국 앓던 이 때문에 진통제로 버틸 수 없는 지경에 이르러서야 치과에 갔는지, 치과에 가서 또 어떤 안 좋은 소리를 들었는지 물어야 하겠으나 그는 통화 버튼을 누르지 않았다. 업무 공간에서 사적인 전화는 목훈에게 피해야 할 금기였다.

업무 중에는 아주 급한 전화가 아니면 연락할 수 없다고 그는 못 박았다. 그럼에도 아버지는 늘 본인이 영순위였다. 수십 통의 전화에 회의를 중단하고 나왔을 때, 아버지는 왜 이리 받지 않냐고 역정만을 낸 후 끊어 버렸다. 급하게 물어볼 일은 사라지고 부풀어 오른 제 감정을 쏟아 내는 것이 용건이 된 전화였다.

아무리 가까운 가족 사이라도 지켜야 할 선이 있다는 걸 안다면 달라질까. 아버지는 늘 그 울타리를 아무렇지 않게 넘나들었다. 그래서는 안 된다고 아무도 알려 주지 않았고 아버지 스스로도 배우지 않았다. 남은 것은 결국 소통의 부재. 잘라 말해 곁에 사람이 없었다. 목훈의 나머지 형제들은 아버지와 연락조차 하지 않고 살았고 허울이나마 자식으로 남은 이는 자신뿐이었다. 이모의 표현을 빌리자면, 형부란 사람은 막내의 유치가 빠지기도 전에 가족을 떠났다가 본인의 영구치가 빠지기 시작할 즈음 낯짝도 두껍게 가족을 찾은 인사였다.

그의 결혼식 무렵, 아내는 미워하는 마음을 너무 오래 품는 것은 바라지 않는다고 했다. 그는 아내의 충고대로 아버지를 혼주석에 앉혔다. 가족이란 걸 이룬 계기로 그 역시 어설프나마 관계가 회복되길 바랐다. 아내는 그의 밑바닥 마음을 읽은 것이다. 그런데 안면의 물꼬를 트자 아버지는 무시로 아들 내외를 찾아왔고 그와 동시에 아버지의 이가 말썽을 부리기 시작했다.

몇 번을 치과에 모시고 갔으나 치석 제거를 위해 초음파 스케일러만 입에 넣어도 트레이를 뒤집고 난리를 치는 통에 제대로 된 치료를 한 적이 없었다. 아버지가 한바탕 난리를 친 치과에는 다시 갈 수 없었고 집 주변 치과 대부분에 가위표가 쳐졌다. 글쎄, 누가 봤으면 아버지가 치과 도장 깨기 같은 무모한 도전을 한다고 생각할지도 모를 일이었다. 가고, 깨고, 가고, 깨고. 실제로 깨지는 것은 목훈의 인내심이었음에도 아버지는 치통이 찾아올 때마다 새로운 치과를 찾으라고 닦달했다.

별 기대는 없지만, 이번에도 반차를 쓰고 아버지와 함께 새로운 치과로 향했다. 이번 치과는 집에서 거리가 꽤 먼 곳이었다. 알아본 아내 말에 따르면 그 동네에 사는 지인이 추천해 줄 만큼 꽤 평이 좋은 곳이란다. 그런들 트레이가 뒤집히면 치료하기도 전에 끝이리라.

아내가 문자로 전해 준 주소만 확인하고 곧장 주차장에 차를 댔는데 엘리베이터 앞에 서고 나서야 눈여겨보지 않았던 치과의 이름이 눈에 들어왔다.

공룡 주니어 치과. 머리 위로 새가 날아가는 기분이었다. 앙증맞은 공룡이 그려진 문 앞에 서서 목훈은 당혹스러움을 느꼈다. 치과를 무서워하는 아이들을 잘 다루기로 정평이 나 있다는데, 그게 고집불통 일흔 노인네에게도 적용이 될는지 의문이었다. 아내의 표현을 빌리자면 '마지막 보루'라나.

뾰루퉁한 얼굴이긴 아버지 역시 마찬가지였으나 목훈은 내색하지 않고 들어갔다. 치과의 벽면은 온통 연한 개나리색이었고 알록달록한 캐릭터 천지였다. 아이들이 좋아할 법한 학습 만화가 책장 한가득이었고 TV에선 마트에서 보았던 캐릭터가 등장하는 만화 영화가 방영되었다. 예약자 이름을 확인하고 접수를 하는데 벽을 훑던 그의 눈이 LED 모니터에 고정되었다.

'고통이 없다면 치과가 아니다.'

당최 무슨 흰소리를 저렇게도 당당하게 할까.

이번에는 진료실에 들어가기도 전에 글러 먹었다는 예감이 들었다. 마침 아버지의 이름이 불려 그는 할 수 없이 진료실로 들어가 의자에 앉았다. 곧이어 들어온 의사의 왼쪽 주머니에는 시선을 잡아 끄는, 커다랗게 입을 벌린 캐릭터 인형 하나가 꽂혀 있었다.

아버지가 그 인형처럼 입을 크게 벌리자 목훈은 언제 생길지 모를 돌발 상황에 대비해 살짝 뒤로 물러났다. 의사의 시선이 의자의 손잡이를 꽉 틀어쥔 아버지의 고목 같은 손에 가 멈췄다. 그는 아버지의 손에 또 다른 인형 하나를 쥐여 주고 음악 소리를 높였다.

"어르신, 지금은 그냥 보는 거라 아프지 않아요. 나중에 치료하다가 아프면 이 인형 쥔 손 드시면 됩니다."

"이건 뭔가?"

"우리 치과에서 제일 푹신푹신한 친굽니다. 보시다시피 죄다 딱딱한 물건뿐이라 붙잡고 있을 데가 있어야지요. 마음에 드세요?"

"애들이나 좋아할까, 어른한테 이딴 걸 왜 줘?"

"어른이라고 안 무섭고, 안 아픈가요. 아픈 거야 똑같죠. 참, 걔 이름은 '아팠지'예요. 끝을 좀 올려서 부르시면 됩니다. '아팠지?' 이렇게."

"이름도 참 요상하게 지었네."

"우리 병원에는 '참아', '가만있어' 인형은 없습니다. 어차피 치과 치료는 아픈 거고 그걸 참으려는 사람들 다독여 주는 게 얘의 의무니까요. '아팠지' 잘 데리고 계세요."

"허허, 거참."

입안을 들여다보던 의사는 잠시 얼굴 가리개를 걷고 아버지의 입안을 찍은 사진을 당사자에게 보여 주며 말했다.

"어르신, 여기 잇몸이 많이 내려앉았죠. 이걸 치경부 마모증이라고 하는데 이가 시리고 불편하셨을 거예요. 이건 차차 메우면 되는데 위아래 어금니 쪽에 염증이 너무 심해서 발치할 치아가 여러 개 보입니다."

"이를 다 뽑으면 뭐로 먹나?"

"어차피 지금도 제 기능을 못 하고 신경까지 건드려서 잠도 못 주무실 정도일 텐데요. 썩은 건 뽑아 버려야죠."

치료용 모니터를 바라보며 그는 아버지의 벌어진 입안을 처음 들여다보았다. 누렇게 변해 버린 치석과 검게 썩어 버린 치아들이 처참한 성적표를 들고 아들을 기다리고 있었다. 제멋대로 살아온 남자의 치아는 그의 인생처럼 엉망이었다.

"어르신, 많이 힘드셨겠네요."

"……."

그 순간 목훈은 입을 달싹거리며 울컥하는 아버지를 보았다. 제 마음을 헤아려 주는 사람을 만나자 어린아이 같은 모습으로 돌아간 아버지가 낯설었다. 아버지는 파노라마 사진을 찍고 다시 진료실로 돌아왔고 곧이어 의사가 목훈을 호출했다.

"보호자분?"

"네."

의사는 모니터를 끌어당겨 아버지의 치아 상태에 대해 말했다.

"살릴 치아는 최대한 살리고 상태가 안 좋은 것들은 뽑을 예정인데 위아래 최소 여섯 개 정도 발치할 겁니다."

"……."

목훈의 묵묵부답이 경제적 부담 때문인 줄로 알았는지 그는 마음의 짐을 덜어 주려 몇 마디를 더 얹었다.

"보통 한두 개면 임플란트를 권하는데 이 정도면 전체 발치 수준이라 틀니를 권해 드립니다. 솔직히 부분 틀니를 걸 나머지 치아 상태도 좋지 않아요. 아버지는 아들한테 얘기해 보라고 하셔서요. 아까 말씀드린 대로 환자분이 고령이시고 한꺼번에 여러 개의 치아를 뽑아야 해서 수면 치료를 권하고 싶은데……. 혹시 드시는 약 있나요?"

목훈이 대답을 망설이며 아버지를 내려다보자 그는 손을 휘저었다. 휘두르는 그 손이 어느 시점에든 트레이를 엎을 수 있다고 목훈은 담담히 생각했다.

그러나 예상과 달리 아버지는 얌전히 인형을 쥔 채 늘 말썽을 부리던 두 개의 치아를 뽑았다. 의아하게도 아버지는 수면 치료를 거부하고 매번 한두 개씩 발치하고 천천히 치료하는 쪽으로 마음을 굳혔다.

목훈은 정말 치료를 할 거냐고 재차 물었고 아버지는 돈을 내기 싫은 거냐고 역정을 냈다. 화가 나는 건 오히려 목훈이었다. 갑자기 순한 양이 되어 버린 데 속았다는 기분이 들 정도였다. 달라진 건 손에 쥐여 준 인형 하나 아닌가. 수년째 거부하던 치과 진료를 이렇게나 쉽게 받아들인 아버지를 보는 마음이 착잡했다.

간호사가 아버지에게 치아 담긴 통을 내밀었다. 아버지는 그 통을 목훈에게 던지듯 안겼다. 이제 막 여섯 살이 된 막내 아들의 유치를 뽑은 게 얼마 전이었다. 조그마한 플라스틱 통에 담겨 그에게 건네진 아버지의 썩은 어금니들을 보자 목훈은 표현할 수 없는 감정이 들었다. 썩은 이보다 그의 감정이 먼저 바스러져 먼지가 되었지만, 목훈은 아버지의 이를 챙겨 가방에 넣었다.

지혈 솜뭉치를 입에 문 아버지는 조개처럼 입을 닫았고 함께 엘리베이터에 오른 목훈 역시 말이 없었다. 옅은 한숨을 내쉬는 목훈에게 심통이 난 아버지는 버스를 타고 가겠노라 말했다. 잔뜩 뿔이 난 아이처럼 쿵쿵쿵 걸어가는 아버지의 뒷모습을 본 뒤 목훈은 회사로 돌아왔다.

두 사람은 또 한동안 냉각기를 가졌다. 아버지는 목훈의 전화를 받지 않았으나 목훈은 메시지를 남기지 않았다. 일주일이 지나 치과 일정이 코앞으로 다가왔건만 아버지는 연락조차 없었다. 진료를 취소하려던 차에 예약을 한 시간 앞두고 아버지는 아무렇지 않은 듯 자신을 데리러 오라고 전화를 넣었다.

그는 윤 팀장에게 그래픽 후처리 지시 사항을 다급하게 전하고 자리에서 일어섰다.

"대표님, 오후에는 오시는 거죠?"

"치과 치료라 가 봐야 알아."

"근데 1년 전에도 치과 치료 받으신다고 하지 않으셨어요?"

"그러네. 1년째 이러고 있네. 참, 그때 그 해커 말이야. 다른 게임 업체에서 연락 온 거 있다고 하지 않았나?"

"네, 아무래도 그쪽에 컨설팅 소스를 뿌려 주는 화이트 해커 랑 동일 인물 같다고 하던데요."

"화이트 해커는 확실하고?"

"이름이 무슨 블랙이라고 했는데……."

"블랙이든 화이트든 정리해서 알려 줘."

서둘렀지만 목훈이 도착했을 때는 치과 진료 시간이 훌쩍 지난 상태였다. 하지만 그의 예상과 달리 아버지는 '아팠지'를 꼭 쥐고 다시 그 치과 의자에 올라 치료를 받는 중이었다. 가 쁜 숨을 몰아쉬며 달려온 게 허무할 만큼.

발버둥 치는 아버지를 말리느라 타박상이 들었던 치과 의사 들이 알았다면 치가 떨릴 광경이었다. 어쨌거나 처음으로 치 료다운 치료를 받게 된 고마운 치과였다. 애들이나 좋아할 거 라던 '아팠지'는 아버지의 손안에 폭 안겨 털끝 하나 보이지 않았다.

"잠깐, 여기 보시겠습니까?"

의료용 카메라가 잡은 아버지의 입안에 또 다른 썩은 이들 이 보였다. 어디서부터 어디까지 썩었다고 해야 할지 모를 만 큼 엉망이었다.

"그동안 통증이 심하셨을 텐데 별말씀이 없으셨죠?"

"······네."

마음의 짐을 지우려는 건지, 그 짐을 덜라는 건지 의도를 알 수 없는 말이었다. 자신보다 열 살 정도 많아 보이는 치과 의사는 눈앞에 누워 있는 환자보다 오히려 목훈에게 더 많은 이야기를 건넸다.

"이쪽 석션 좀 해 주세요. 딱 이 세대가 그래요. 이 나이대 노인들 치아 상태가 이렇게 엉망이에요."

왜 나를 붙들어 둘까. 언뜻 보기에도 대화 한마디 없이 냉랭하기 그지없는 부자지간으로 보일 텐데 그는 왜 이리 많은 이야기를 묻고, 들으려고 할까.

떨어진 부모 자식 사이를 용접해 주려는 거라면 소용없다고 말하고 싶었다. 헤어진 연인 사이처럼, 때를 놓친 부모 자식 관계도 본드로 붙일 수 있는 게 아니었다. 사람은 억지로 붙여 놓으면 불티가 잘못 튀어 홀라당 타 버리기 쉬운 존재인 걸 지난 세월 너무나 오래 배워 왔다.

의사는 아버지와 자신의 중간쯤에서 그들 모두를 조망했을 나이였다. 목훈은 의사의 의도를 짐작했으나 내색하지 않았다.

"치과 치료 받는 동안에는 대부분 잘 못 드시죠. 살이 빠지는 분도 계시고요. 제가 그 원망을 듣습니다만 어쩔 수 없죠. 오늘도 치아 하나는 발치하셔야겠어요."

그 말에 아버지는 알아서 하라는 듯 손을 휘저었다.

목훈은 뒤돌아 자리로 돌아왔다. 그의 가방을 놔둔 옆자리에 손녀를 데리고 온 노부부가 앉아 있었다. 아버지 또래로 보이는 그들은 아이가 치료를 받는 사이 스마트폰을 하지도 않고 잡지를 읽지도 않고 벽에 걸린 TV만 바라보았다. 어두운 귀와 침침한 눈은 왁자지껄한 홈 쇼핑과 쇼 프로그램을 향했다.

도시의 노인이란 머무를 곳 없어 모든 것을 낯설어하는, 결국 새장 속에 갇혀 무료하게 주변부를 배회하는 늙은 새인 것 같았다. 그들은 자식이 다시 찾아올 일 없는 과거의 둥지 속에서 남은 생을 살아간다.

도시의 새들처럼 도시의 노인 역시 쉬 나이를 짐작할 수 없었다. 그들이 70대인지 80대인지 목훈은 한눈에 나이를 짐작하기 어려웠다. 그러나 아버지는 병원 대기실에 앉은 노인을 보면 대번에 나이를 알아맞혔다.

무릎이 성치 않으나 60대인 사람도 있고, 검은 머리에 허리가 꼿꼿해도 80대인 사람이 있음에도 아버지는 그들이 살아온 시간을 알아냈다. 늙는다는 것에도 그렇게 단계가 있음을 노인의 눈이 되어야만 알 수 있을까. 신기하게 바라보는 목훈에게 아버지는 그리 말했다.

"겉모습만 보고 어찌 알겠냐. 주름이 많다고 중늙은이고 적다고 아니겠냐."

"그럼 어떻게 알아요?"

"말 몇 마디 시켜 보면 알지."

"말투에 더 늙고 덜 늙고가 있나."

"그 사람이 날 손아래로 보는지 손위로 보는지 대충 나오니까. 나 생긴 걸 보고 그쪽도 나이를 짐작할 거 아니냐. 그 사람이 날 손아래로 보면 나보다 많을 것이고, 손위로 보면 젊은 축일 테고. 너무 잘못 봤다 싶으면 '형씨 나이가 어찌 되오?' 묻는 거지. 저보다 더 늙은 사람한테 택도 없이 말 놓는 인간은 거르는 것이고."

어이가 없는데 또 한편으로 이해되는 이야기이기도 했다.

소리 없이 켜진 TV에서 상조 회사와 봉안당 광고가 흘러나오고 두 노인의 시선이 무심히 그곳에 못 박혔다. 그들은 부모의 요양 병원과 봉안당은 가까울수록 자식에게 좋다고, 씁쓸한 이야기를 나눴다. 그들은 좋은 부모였다. 적어도 모르는 사이인 목훈이 생각하기엔.

부모와 자식은 인생 품앗이로 맺어진 관계일 것이다. 어린 자식이 먼저 부모의 보살핌을 받고 그 부모가 노쇠하면 장성한 자식이 그를 보살펴 주는 관계. 그러니 불리한 것은 약속받지 못한 사랑을 먼저 내려보내야 하는 부모 쪽이었다. 내리사랑을 보냈어도 그만큼 회수할 수도, 그 종료 시점을 스스로 정할 수도 없으므로.

목훈은 이 거대한 인생 품앗이에서 아버지에게는 받은 바가 아무것도 없었다. 이제 와 얕은 수로 그의 지갑을 열게 만들며 의탁하려는 아버지를 바라보는 차가운 시선이 그 자신조차 씁쓸했다.

드디어 썩은 치아를 다 들어내고 임플란트 뿌리를 식립한 날, 아버지는 뒤늦게 찾아온 통증 때문에 내내 얼굴을 찡그렸다. 그는 부은 볼을 부여잡고 말했다.

"빌어먹을 치과, 내 다신 오나 봐라."

고통이 없다면 치과가 아니라는 문장에 대한 아버지의 답이었다. 그 후 아버지의 치과 진료는 또다시 도돌이표가 되었다. 예약을 하고 진료를 받기로 한 날, 화장실에 다녀온다던 아버지는 돌아오지 않았다.

목훈은 치과를 나오기 전 데스크 뒤에 걸려 있는 액자를 바라보았다. LED 모니터의 문구는 처음 문장에서 한 단어가 바뀌어 있었다.

'고통이 없다면 인생이 아니다.'

정작 필요한 당사자는 알아듣지 못하고 목훈 자신에게만 무거운 짐이 되는 말이었다. 목훈은 의사의 가운에 튄 얼룩과 치과 의사에게 어울리지 않는 부자연스러운 청진기를 다시 돌아보았다. 지난번과 그대로였다. 벽에 고정된 방향제에서는 아무런 향이 배어 나오지 않았다. 자신이 아니라면 누구도 클레임을 제기하지 않을 오점이지만, 다음에는 고쳐야겠다고 혼잣말하며 치과 문을 나섰다.

3

오후 4시 알람이 울리자 반쯤 넋을 놓고 있던 목훈의 정신
이 돌아왔다. 그의 호텔 방은 순식간에 회의실로 바뀌었고 팀
원들은 벽을 뚫고 나타났다. 걸어 들어온 것이 아니라 공간에
서 마법처럼 나타났다는 표현이 정확했다.

"아, 윤 팀장 저리 가. 내 아바타랑 겹치잖아."

두 가상 캐릭터가 티격태격 싸우는 동안 목훈은 회의실 안
쪽에 자리를 잡았다. 여섯 명의 가상 캐릭터가 테이블에 앉자
얼추 회의 준비가 끝났다. 목훈은 가장 가까운 곳에 선 윤 팀
장의 몸을 위아래로 훑으며 말했다.

"윤 팀장, 캐릭터 전환이 안 됐나 본데."

"네?"

"수면 바지."

"아."

뒤늦은 한탄과 동시에 그의 잠옷 바지가 멀끔한 정장 바지로 바뀌었다. 그들 각각은 자신의 가상 세계에서 회의 일정에 맞춰 소환된 모습 그대로였다.

이 대리는 스키복을 입고 있었고, 전 과장은 복싱 글러브를 낀 채였다. 점심 이후 각자의 업무 시간에 자신이 만든 캐릭터로 가상의 공간을 체험하고 있었을 터였다. 그러다 회의 시간이 되면 어디에 있든 이동 시간 없이 가상의 회의실로 집결할 수 있다. 이 가상의 공간에서 그들은 자신을 반영한 캐릭터를 통해 소통하며 제2의 삶을 살 수 있다.

그들은 한동안 가상 부동산 매매를 두고 이야기를 나눴다. 가상 공간 안의 땅을 사고팔 수 있다고 했을 때, 목훈 역시 봉이 김선달의 21세기 버전쯤이라 치부했었다. 그러나 그 가상 세계를 꿈꾸고 만드는 사람들이 그들 자신이었다. 가상 세계를 체험하는 프로그램을 만들고 기어로 연동할 수 있는 앱을 만드는 스타트업으로 출발한 그들에게도 가상 세계는 때때로 낯설고 급진적이기도 했다.

가끔 너무 현실을 앞서가지 않나 싶을 만큼 담대한 시도도 있었다. 가상의 공간에서는 법도 도덕도 사회적 관습도 사람들을 규제하지 않았다. 그들은 랜선을 이용해 만든 세상 안에서 자유로웠다. 가상 세계는 모든 상상이 가능한 그들의 머릿속 세계나 마찬가지였다.

전 과장은 무언가가 떠오른 듯 캐릭터 머리 위에 반짝이는 전구를 켰다.

"대표님, 진짜 동지 공개할 생각은 없으세요? 외국에서도 뇌파를 이용해서 외골격 로봇을 입고 걷는 데 몇 년 걸렸다잖아요. 근데 일개 VR 회사에서, 강아지에게 의족을 부착하고 뇌파로 움직이게 했다, 이거 해외 토픽감이지 않아요?"

"우리는 뇌파로 명령을 내리는 것뿐만 아니라 쾌락과 고통까지 느끼게 하는 기술을 개발했잖아. 정확히 말하면 토픽이 아니라 업종 전환감이겠지?"

윤 팀장이 쐐기를 박자 팀원들은 목훈을 바라봤다. 목훈은 그들이 무엇을 묻고자 하는지 알았지만 대답 없이 테이블 위에 회의 자료를 띄웠다.

"윤 팀장님, 지난번에 말씀드렸던 해커 정보는요?"

"그게 아직……. 게임 업체 쪽 친구한테 계속 부탁하고 있는데 그쪽은 그 해커를 로빈후드 급으로 모셔서 쉽게 정보를 안 주네요."

"그럼 IP 추적은요? 경찰에 의뢰할 만큼 시간이 많지는 않은데요."

"아, 안 그래도 말씀드리려고 했는데 이 새끼가, 아니 이 해커님이 한 번은 루마니아 서버를 경유해서 들어왔고 그 전에는 유동 IP로 움직여서 시간이 좀 걸릴 것 같습니다. IP 대역을 좁히면 6개월 안에는 찾을 수 있겠지만 그 전까지는 힘들고요."

"우리 방화벽이 어떻게 뚫렸을까요?"

"그게 타고 들어왔다기보다……."

"보다?"

"말씀하신 대로 초기부터 내부에 있었던 것 같습니다. 아예 개발 단계부터 상주하며 지켜보고 있었던 거죠. 본인을 개발자 중 한 사람으로 인식시켜 놓은 뒤 권한을 올리고 설정값을 바꿨던 모양이에요."

"그게 가능해요?"

"안 될 건 없죠. 메시지를 심어 놨더라고요."

"돈 달라고?"

"아뇨. 프로그램 엎으라고."

기가 찼다. 몇 달 공을 들여 프로그램 내부에 기생해 놓고는 돈을 요구하지도 않고 그저 프로그램을 폐기하라니. 세상 물정 모르는 얼간이 해커에게 놀아나는 기분이었다.

"근데 왜 우리야? 이런 프로그램 만드는 업체는 한국에만 수십 군데고 개발자만 수백, 수천 명인데 왜 하필 우리인 거죠?"

전 과장이 끼어들어 말했다.

"우리가 아니라 이 프로그램인 거지. 그 알파 테스트 대단하지 않았어요? 단순히 졸음 뇌파를 흘려 보내는 정도가 아니라 멀미에 추위에 공포감까지 굉장했잖아요."

"그래서 경쟁 업체가 해커를 보낸 건가?"

"경쟁 업체면 쥐도 새도 모르게 훔쳐 가지 경고장을 날리겠어요?"

"그럼 뭐?"

"뇌파를 고통과 쾌락을 위해 쓰는 건 윤리적으로 옳지 않다, 뭐 그런 거겠죠."

"의료 분야만 뇌파를 쓰라는 법이 있나? 우리가 게임에 접목시켜 돈을 번다고 윤리적으로 뭐라 하면 안 되지. 뇌가 팔다리에만 명령하는 것도 아니고, 쾌락과 공포 수용도 뇌의 한 영역인데 우리더러 어쩌라고."

윤 팀장이 휘파람을 불자 구석에 웅크리고 있던 동지가 꼬리를 흔들며 뛰어올랐다. 사람들이 손을 내밀자 동지는 그들의 손을 핥았다. 실은 손바닥이 아닌 허공을 핥는 것이었지만, 동지는 가상 세계에 모인 사람들 모두를 알아보고 신이 나 뛰어다녔다.

"동지의 한쪽 눈은 가상 세계를 보잖아요. 녀석은 한쪽 눈에 인식된 렌즈로 저희를 보고 있는 거죠. 몸에 인식된 생체 칩 반응을 그대로 반영해 가상 세계의 동지와 현실 세계의 동지를 동기화시킨 덕분에요. 놈은 그걸 알고 있는 겁니다. 이 기술이 사람에게 적용되면 세상이 뒤집힐 만한 결과를 가져오리란 걸요. 가상과 현실이 일치하게 될 테니까.”

윤 팀장의 말은 사실이었다. 목훈은 전용 AI 유닛을 CPU에 장착시킨 뒤 스캐닝만으로 모든 것을 인지하는 신기술을 개발했다. 그 알고리즘이 공개되면 개발자들은 목훈의 소스를 바탕으로 더 빠르고 정확한 알고리즘을 만들어 낼 것이다.

놀라운 건 그뿐만이 아니다. 동지의 뇌에는 뇌파를 읽는 칩이 장착되어 있는데, 이를 통해 뇌와 컴퓨터를 직접 연결할 수 있었다. 사실 동지는 태어나자마자 어미에게 깔려 한쪽 뒷발을 제대로 쓰지 못했으나, 후천적 수술과 뇌파를 이용해 뛸 수 있게 만든 것이다.

VR 발전의 최대 걸림돌인 컨트롤러가 사라지고 뇌파만으로 프로그램을 사용할 수 있다면 낮은 해상도나, VR 멀미 따위의 단점조차도 상쇄될 것이다. 이 모든 것은 유기견 동지가 가져온 나비 효과였다.

목훈의 아내는 안락사 직전의 동지를 보호소에서 데려오고 나서야 동지의 한쪽 눈과 몸에 이상이 있음을 알았다. 그 눈을 보조할 프로그램을 만들다 보니 종내는 뇌파와 연결되어 가상 세계를 스캔하는 칩을 의안으로 넣게 되었다. 결국 모두 조그마한 날갯짓으로부터 파생된 것이다.

동지가 가상 사무실 안으로 뛰어들고 다른 팀원들이 동지를 알아보았을 때의 전율이란. 동지가 그들을 바라보고 팀원들역시 동지를 인식하는 것은 뇌파로 조종되는 의안이 VR의 혜

드기어와 컨트롤러를 합친 역할을 하기 때문이었다.

"해커 녀석도 동지에게 적용된 알고리즘을 두려워하는 거죠. 아직 완전히 초기 단계이긴 하지만 가능성을 열었으니까."

"그렇다고 사람 눈을 의안으로 바꾸지는 못하잖아요."

"상상을 하라고, 상상을! 의안 대신 쓸 수 있는 렌즈나 안경이 얼마나 많은데."

"기존 헤드기어나 컨트롤러 업계에서 싫어하겠네요."

"그쪽 관계자인가? 스마트폰이 계산기와 카메라와 MP3를 대체한 것처럼, 패러다임이 바뀌는 건 순식간이니까."

"실리콘 밸리 쪽일 수도 있지. 통째로 먹으려고."

순식간에 회의실의 가상 배경이 바뀌었다. 창이 있던 사무실이 벽면으로 둘러싸인 감옥 같은 공간이 되더니 모든 출입문이 봉쇄되었다. 가상의 문이었으나 뜻대로 회의실을 나갈수 없게 되자 팀원들이 동요하기 시작했다.

또다시 녀석의 짓이다. 방화벽을 재정비하고 이중, 삼중으로 보안 시스템을 확인했지만 녀석은 그들의 노력을 비웃기라도 하듯 사무실 벽에 매직펜으로 글자를 썼다.

'그러게 엎으라니까요. ^^'

문장 끝에 눈웃음 모양의 이모티콘까지 달려 있었다. 보이지는 않지만 녀석이 그 방 안에 존재함은 확실했다.

"당신, 자꾸 선을 넘는군."

목훈이 나지막이 경고했다. 팀원들이 동요하며 술렁이는 가운데 벽면 사방이 검은색으로 바뀌었다. 시공간 감각을 상실하게 만드는 완전한 어둠에 그들은 공포감에 휩싸였다. 팀원들은 어둠에 빨려 들어가는 이 대리의 손을 잡아당겨 검은 벽에서 그를 구출했다.

"반타 블랙(Vanta black)입니다. 조심하세요."

윤 팀장이 노란 형광펜 하나를 벽으로 던지자 형광펜이 감쪽같이 사라졌다. 벽면의 검은색이 번지듯 바닥으로 서서히 내려오며 그들의 발 가까이로 다가왔다. 사람들은 겁을 먹고 구석으로 모여들었다.

"블랙홀인가 봐요!"

"반타 블랙이라고!"

"뭐?"

"세상에서 제일 검은 색이요. 영국 나노 테크 기어에서 만든 물질인데 가시광선 흡수율이 99.965퍼센트라 어떤 빛도 다 흡수한대요."

"설마 사람도?"

"그 색깔에 들어가면 보이지 않게 되는 것뿐이에요. 아바타의 색상이 반타 블랙이 될 뿐이지만 먹혀 버리면 찾아낼 수 없죠. 그 어떤 입체감도 사라지니까."

"그러니까 딱 블랙홀이네."

"저거 어떡해요? 우리 어떻게 나가요?"

그때 목훈이 손에 펜 하나를 들고 일어섰다. 그는 곧장 검은 벽으로 가 펜으로 벽을 긁어 버렸다. 팀원들이 가는 비명을 지르는데 긁힌 틈 사이로 사라져 버린 빛이 새어 나오기 시작했다. 벽면 뒤의 빛이었다. 보고 있던 팀원들도 달려가 벽을 손으로 긁자 긁힌 자국대로 스크래치가 생기고 가려졌던 빛이 새어 들어왔다. 동지도 달려들어 벽을 긁었다.

"반타 블랙의 치명적인 약점은 비싼 가격이 아니라 스크래치거든. 안 그런가, 해커?"

해커는 아무 말이 없었다. 여기저기 구멍이 생겼지만 그 어디에도 해커의 모습은 보이지 않았다.

"이 녀석 도망간 모양이에요."

"일단 로그아웃하고 회의실에서 봅시다."

"어느 회의실요?"

"진짜 회의실."

겨우 문고리를 찾아낸 팀원들은 놀란 가슴을 쓸어내리며 가상 회의실을 나갔고 목훈은 안경을 벗어 탁자 위에 내려놓았다. 한쪽 구석에 있던 동지는 갑자기 사람들이 사라지자 잠시 어리둥절한 얼굴이었지만 이내 쪼르르 달려와 그의 손을 핥았다.

"헷갈려 하지 않는 건 너밖에 없네."

목훈은 동지의 머리를 가만히 쓰다듬었다. 동지도 그의 손을 핥아 주며 주인인 그를 바라봤다. 바닥에 엎드린 자세로 엉덩이를 치켜든 녀석이 그를 향해 짖었다.

"지금은 공 없어."

왈―! 녀석은 재촉하듯 다시 짖었다. 빈손을 내보이려는 순간, 동지의 시선이 그를 지나 벽 뒤로 향했다. 마치 보이지 않는 공을 바라보듯 이리저리 눈동자가 흔들리더니 구석을 향해 달려갔다.

목훈은 동지의 눈이 자신이 아닌 다른 누군가를 보고 있음을 눈치챘다. 다시 안경을 썼을 때, 그는 문밖으로 사라지는 검은 후드를 쓴 뒷모습만 볼 수 있었다. 한쪽 벽면에는 다하지 못한 그의 이야기가 어둠에 새겨진 빛으로 남아 있었다.

애니시 커푸어는 반타 블랙의 독점권을 사들여
자신 외의 모든 사람이 이 색을 쓰지 못하도록 했어요.
자신만의 예술 작품을 만든답시고.
그래서 스튜어트 셈플이라는 예술가는 반타 블랙보다 품질은 떨어지지만
저렴한 블랙 2.0을 만들어 세상에 알립니다.
단, 애니시 커푸어만 빼고 쓰도록.
(싸고 저렴한 엿을 먹였죠.)
새카만 밤바다는 우리 모두에게 있는 어둠인데
자기만의 어둠이라니.

BCI 프로그램은 당신만의 것이 아닙니다.

언젠가는 오픈 소스가 되겠지만 아직은 시기상조예요.

단 하나 묻고 싶은 것은

동지 프로그램을 세상에 데려오고자 하는 그 마음이

반타 블랙인지 블랙 2.0인지입니다.

―블랙후드 해커로부터―

검은 계륵, 팀원들은 그 사건 이후 멸치잡이 승선 VR을 그렇게 불렀다. 버릴 수도, 가질 수도 없는 프로그램을 두고 목훈의 고민도 깊어졌다.

"베타 테스트 오픈 예정일이 언제지?"

"이달 말일입니다."

"동지, 공개하실 거예요?"

목훈은 대답하지 못했다. 동지에 대한 모든 결정권은 그에게 있었지만 그는 선뜻 말을 할 수 없었다. 어차피 동지의 눈을 공개한다 해도 당장 상용화하기는 힘들다. 동지의 의안에 렌즈와 컨트롤러 칩을 삽입한 것은 실험적 차원이었고 그들이 헤드기어나 컨트롤러를 대량으로 만드는 하드웨어적 기술을 가지고 있지는 않았다. 그런들 이 기술이 알려지기만 하면 휴지 한 롤 값이라고 자조하는 지금의 주식이 수십 배 폭등하는 것은 시간문제일 것이다.

하지만 뇌파를 조정하는 BCI를 사람에게 직접 적용하는 데에는 많은 걸림돌이 있었다. 해커의 경고 때문이라기보다 목훈 스스로가 망설이는 다른 이유에서였다. 동지의 몸에 삽입된 의안과 마이크로 칩은 실험적이었고 대안이 없었기 때문에 가능했다.

하지만 사람에게라면?

뇌에 직접 칩을 삽입하는 것을 두고 여러 말이 돌 수밖에 없었다. 그래서 멸치잡이 VR에는 칩을 직접 넣는 대신 헤드기어에 연결된 전선으로 뇌파를 조절했는데 그 반응은 상상 이상이었다.

결국 사람 몸 안에 칩을 삽입하고 컨트롤러를 집어넣는 것에 대한 세상의 윤리 잣대가 남아 있다. 난관은 불을 보듯 뻔한데 길은 보이지 않는다.

동지의 눈을 공개하고 나면 필연적으로 그 기술을 상업화시켜야 할 것이다. 원하는 사람은 많고 지킬 힘이 없다면 빼앗기는 건 순식간이라는 해커의 지적은 욕이 나올 만큼 옳았다. 고민은 나날이 깊어 갔지만, 베타 테스트 예정일은 성큼성큼 다가왔다.

어쨌든 VR 업체의 숙명은 언제나 한 발자국씩 먼저 나아가야 한다는 것. 멈추는 순간 가라앉아 죽는 물고기와 다를 바가 없었다.

그는 자신이 무리를 움직이는, 가장 경험 많은 수장 돌고래에 가까울지도 모른다고 생각했다. 돌고래 떼는 대장 돌고래의 선택에 전적으로 자신들의 목숨을 의지한다. 그가 가고자 하는 곳으로 나아가고, 그가 그물에 걸리는 곳에서 그들의 생을 끝낸다.

배를 탔던 아버지의 인생도 그러했을 것이다. 다만 그는 배가 좌초된 시점에 모든 것이 끝났다고 생각했으리라. 그는 자신이 지켜야 할 또 다른 무리가 있음을 망각했을 것이다. 아버지란 존재가 가정의 모든 키를 쥐고 있던 시절에 옳든 그르든 가장의 선택은 가정의 모든 일을 결정했다.

그러나 물 위에서 노련했던 그는 뭍으로 올라온 뒤 그물 안에서 죽어 돌덩어리가 된 전어이지 않았던가. 아버지의 인생에 들이닥쳤던 큰 파도가 그에게 온 기분이다. 자신의 선택이 회사의 존망을 가를 수 있다는 중압감이 목훈을 짓눌렀다.

4

'검은 계륵'이 진화하여 '오골계의 갈비뼈'라 불리고 베타 테스트가 열흘 앞으로 다가왔을 때, 의료 재활 프로그램을 의뢰한 병원의 VIP가 긴급 면담 요청을 했다. '긴급'하다는 것은 계약을 엎을 수도 있는, 중차대한 문제라는 뜻이었으므로 목훈은 오후 일정을 모두 취소하고 의뢰인에게로 향했다.

혹시 프로그램에 해커가 침입했다는 소문이 새 나갔을까 내심 걱정이었다. 내비게이션을 설정하며 가능한 모든 시나리오를 머릿속으로 생각했다.

'설정값이 이상했나? 시행 중에 오류가 생겼나?'

업체는 클라이언트의 모든 질문에 대답해야 할 의무가 있다.

'막힘없이, 버벅거리지 말고.'

목훈은 자신에게 다짐하듯 말하며 약속 장소에 도착했다. 서두른 탓에 약속 시간보다 25분이나 일찍 도착해, 급하게 점심만 먹고 건너뛴 커피 한잔을 마실 여유가 생겼다. 목훈은 1층으로 나와 카페에서 커피 한 잔을 주문해 벤치에 앉았다. 점심시간이 지났는데도 수많은 벤치가 사람들로 가득 차 있었다. 그들 대다수는 환자복을 입은 노인이었다.

재활 병원 앞의 풍경답달까. 광합성하는 힘없는 화초 같은 그들을 바라보자 자연스레 아버지가 떠올랐다. 불현듯 아침에 화장실 거울을 통해 만난 자신도 떠올랐다. 활처럼 아래로 휘어지기 시작한 입매는 며칠 전 만난 아버지의 모습과 닮았다. 마흔 줄에 가까워지면서 매일 아침 그는 제 피부를 뚫고 아버지가 걸어 나오는 상상을 하곤 했다.

얼굴이 닮는다는 건 울고 웃은 지난 과거의 행적이 닮은 방증이라고 말하는 이도 있겠지만, 아비와 자신의 인생은 늘 달랐다고 목훈은 우기고 싶었다.

약속 10분 전으로 설정한 알람이 울리자 목훈은 얼음만 남은 컵을 들고 엘리베이터에 올랐다. 원장실로 들어서자 진료 중이던 박 원장이 손을 들어 그를 맞았다. 마침 환자가 재활 VR을 테스트 중이었다.

"오, 우리 전문가께서 딱 맞춰 오셨네요. 안 그래도 지금 막 시작하려던 참이에요. 제가 말씀드린 천재 개발자입니다."

목훈은 머쓱해져 목이 움츠러들었다.

"김정수 환자분, 저한테 물 한잔 따라 주실까요?"

헤드기어와 컨트롤러를 착용한 60대 남자 환자가 조심스럽게 팔을 들어 올렸다. 오른쪽 편마비인 것으로 보아 뇌졸중 환자 같았다.

"네, 좋습니다. 이제 이것만 성공하면 오늘은 다른 작업을 해 볼 거예요. 왼쪽에 망치 보이죠? 그 망치를 들고 여기 튀어나온 못을 박는 겁니다."

목훈 역시 환자의 치료 과정을 유심히 지켜보았다. 회사가 만든 프로그램의 효용성은 실제 환자 치료 효과로 증명된다. 뇌와 연결된 컨트롤러를 착용한 뒤 반복 훈련을 하며 뇌세포를 재연결시키는 것이다. 또한 같은 동작을 반복하며 근육에서 전기 신호를 발생케 하고, 추가적으로 전기 자극을 줘서 근수축을 돕도록 까다롭게 설계되었다.

환자는 비지땀을 흘리며 누구보다 강한 의지로 재활에 동참했다. 재활 치료의 골든 타임이 3개월에서 반년이라는 건 본인이 누구보다 잘 알고 있기 때문이다. 이 안에 능력치를 최대한으로 원상 복구 시켜야 전과 같은 생활로 돌아갈 수 있었다.

원장실의 안의 다른 사람들은 그저 눈에 보이는 환자의 행동을 지켜볼 뿐이지만 목훈은 가상 현실 속 환자의 모습을 볼 수 있었다. 떨리는 그의 손이 물 대부분을 흘리는 바람에 바닥이 흥건하게 젖어 있었다.

사실 목훈은 쓰고 있는 안경의 다리 옆에 달린 작은 스위치로 언제든 가상 세계와 연결이 가능했다. 오픈된 프로그램은 무엇이든 자유롭게 접속할 수 있었다. 여러 개의 똑같은 안경을 충전하고 돌려쓰는 덕에 방전이 될 염려는 없지만 오랫동안 VR 프로그램과 연결되어 현실과 가상 세계가 구분되지 않을 때도 있었다.

목훈은 백데이터를 보며 환자의 악력이 지난번보다 12퍼센트 증가했음을 확인하고 스위치를 껐다.

"아주 좋습니다! 지난번보다도 확실히 좋아졌어요."

"감사합니다, 선생님! 이번에도 바닥이 수영장이 됐지만 그래도 흘린 물 양이 저번보다는 적어요."

"제가 뭐랬습니까? 이걸 쓰면 회복이 훨씬 빠르다고 말씀드렸잖아요. 흘린 물 닦을 필요도 없고 얼마나 좋아요. 자, 이번엔 그 옆에 있는 망치를 들어 보세요."

환자는 떨리는 손으로 망치를 붙잡고 눈앞에 놓인 널빤지에 집중했다.

"나무 상자 보이시죠? 거기 튀어나온 못을 박아 보는 겁니다. 이거 성공하면 바늘에 실 꿰기도 하실 수 있어요. 자, 천천히 내리쳐 보세요."

"앗!"

느닷없는 환자의 비명에 옆에 있던 원장과 간호사가 혼비백

산이 되어 그를 붙잡았다.

"김정수 환자, 괜찮으세요?"

"아니, 제가 망치로 원장님 손을 찍었어요."

기어를 쓴 당사자는 증강 현실을 실제라고 착각할 수 있다. 빈 벽을 보며 일기 예보를 하는 리포터처럼, 우리는 현실을 투영한 증강 현실을 실제 현실로 착각하기 쉽다. 마치 진실이 조금 섞인 거짓을 더 쉽게 진실이라고 받아들이는 것처럼.

목훈은 환자의 초점 나간 시각 트래킹 기능을 수정하고 박 원장을 따라 원장실을 나왔다. 두 사람을 기다리고 있는 진짜 고객인 VVIP를 만나기 위해선 문지기인 박 원장이 꼭 필요했다. VVIP로 향하는 단 하나의 문, 그 열쇠를 쥐고 있는 것이 이 병원의 대표 얼굴인 박 원장이었다.

그러나 알 만한 사람은 이 빌딩과 병원이 모두 누구의 소유인지 알고 있었다. 그는 목훈을 복도 끝, 직원들만의 출입 공간으로 안내했다. 가는 내내 박 원장은 입이 마르도록 VR 프로그램의 장점을 칭찬했다. 엘리베이터 앞에 선 목훈은 박 원장이 자신의 ID 카드로 엘리베이터를 호출하는 것을 지켜보았다. 사실상 10층과 원장실이 있는 5층만을 오가는 전용 엘리베이터였다.

카드 키가 없다면 병원 직원조차 함부로 탈 수 없는 이 미스터리한 엘리베이터는 오직 10층에 있는 VVIP만을 위해 설계된 것이다. 요양 병원의 일반 엘리베이터는 9층까지밖에 가지 못한다. 10층에 도착하자 육중한 철문이 또 한번 그들 앞을 가로막았다. 박 원장은 벨을 누르고 미동 없이 그 앞에 섰다.

잠시 후 덜컥 소리와 함께 철문이 열리고 안에서 나이 지긋한 노부인이 나와 그들을 반겼다.

"어서 오세요."

목훈과 박 원장은 노부인의 안내를 따라 안으로 들어갔다. 긴 복도를 따라 들어가자 상가 안에 자리 잡았다고 믿기지 않을 만큼 호화로운 내부 인테리어가 눈에 들어왔다. TV에 등장하는 펜트하우스가 이런 곳일 거라 생각하며 목훈은 조용히 그들을 뒤따랐다.

두 사람은 거실로 안내되어 소파에 자리 잡고 앉았다. 찻잔을 다 비워 가는데도 정작 그들을 초대한 VVIP는 모습을 드러내지 않았다. 한참 만에 방 안에서 나온 건 의사와 간호사였다. VVIP를 위한 특별 왕진이었다. 그들은 거실에 있는 박 원장에게 고개 숙여 인사하고 현관으로 나갔다.

마침내 목훈 일행의 차례가 된 듯 노부인은 눈짓으로 두 사람을 안방으로 안내했다. 형형한 눈빛의 노인이 개조된 병상 침대 위에서 반쯤 허리를 세운 자세로 그들을 기다리고 있었다. 눅진한 쑥뜸 냄새가 방 안 가득한 걸로 보아 한방 치료를 받은 듯했다.

"함 회장님, 몸은 좀 어떠십니까?"

"지금 와서 약이든 돈이든 퍼부어 봤자 늦었지."

그는 말없이 목훈의 얼굴을 들여다보았다. 목훈 역시 그 시선을 피하지 않고 노인을 바라보았다. 오랜 투병 생활로 힘이 없어 보였지만 살아온 날들의 강단이 느껴지는 눈빛이었다. 벼린 칼이 아니라 침엽수의 뾰족한 잎을 떠올리게 만드는 희한한 날카로움이었다. 찔리더라도 아프지 않을 것 같은 묘한 느낌이 들었다.

"멸치잡이 프로그램은 잘 봤습니다. 제작 단계 프로그램치고는 꽤 훌륭하더군요."

사실 그게 가장 큰 문제였다. 시각적으로 훌륭하나, 상용화를 반대하는 해커의 협박을 받고 있다는 것이.

"근데 현실적이지가 않던데. 프로그램 속 내가 흔들리는 바다 위에 있는 게 아니라 내 집 거실에서 바다를 보고 있는 기분이에요."

예상치 못한 클레임이었다. 누구는 그 실재성 때문에 물에 빠져 죽을 듯한 공포를 느꼈는데…….

"아직 마무리되지 않은 상태라 시각적으로……."

"아뇨, 그런 기술적인 문제가 아닙니다."

"네?"

"VR 프로그램으로만 배를 타 본 사람이 만든 것 같아요. 내가 경험한 그 바다에 발끝도 못 담근 느낌이라오."

"……."

고객이 클레임을 걸 때는 입을 다무는 게 낫다는 걸 그는 경험으로 알고 있었다.

"회장님, 그런데 그 승선 프로그램은 저희가 의뢰한 게 아니고 회장님께서 한번 해 보고 싶다고 하셔서 체험판으로……."

"돈을 안 냈으니 클레임 걸지 말라고?"

"피드백이야 좋죠. 그런데 목 대표는 저희 재활 프로그램 때문에 왔으니……."

"박 원장, 바쁠 텐데 돌아가서 일 봐요."

그 말에 담긴 의중을 알아챈 박 원장은 꾸벅 인사를 하고 방을 나갔다. 목훈은 함 회장이 자신을 부른 진짜 이유를 꺼내길 기다렸다.

"재활 프로그램 완성본 테스트는 언제쯤 가능합니까?"

"단계 끝까지 최소 50번 이상 테스트를 마치려면 한 달 정도 예상됩니다."

함 회장은 손가락으로 작은 탁자 위에 놓인 서류철을 가리켰다. 그 안에는 빛바랜 사진과 문서 몇 장이 끼워져 있었다. 오래된 사진은 배 위에서 조업 중인 선원들의 모습을 담은 것이었다.

"젊었을 때 베링해 킹크랩 어선을 탔어요. 각성제 먹고 몇 날 며칠을 버티면서 독하게 돈을 벌었는데 정작 사진은 그 배에서 내리기 전에 찍은 몇 장밖에 없네요. 죽을 둥 살 둥 하는 지옥에서 사진을 찍고 있으면 미친놈이지. 아무튼 배에서 내린 뒤에도 미친 듯이 돈만 벌었습니다. 전국을 돌면서 땅과 아파트 분양권을 사고팔아 웬만한 중소기업만큼 수익을 올렸죠. 천 세대쯤 되는 아파트 단지가 들어설 때 그 가운데 한 동을 내 회사가 매입한 적도 있지요. 그렇게 돈 먹는 아귀처럼 사는 동안 애들은 아비 없이 자라고 마누라도 병들어 곁을 떠나더니 결국 다 쓰고 죽지 못할 돈만 남습디다."

목훈은 그의 의도를 알아차렸다. 모든 걸 이룬 남자가 인생의 끝에 다다라 자신의 삶에서 가장 치열했던 순간을 다시 경험하고 싶어 한다는 걸. 자신을 그 사진 속으로 넣어 달라는 거겠지.

"그 VR을 해 보니 잊었던 기억이 떠오르더군요. 한 번은 다시 가 보고 싶었던."

사실 처음 사적인 이야기를 할 때부터 감이 왔다. 살다 보면 내가 넘지 말아야 할 선이라는 게 보일 때가 있는데 아까 탔던 그 VVIP용 엘리베이터가 목훈의 북방 한계선이었다.

어쨌든 좋게 좋게 거절하자. 밥줄인 클라이언트의 심기를 건드려서는 안 되니 좋게 좋게. 그런 속내를 읽었는지 그가 뜬금없이 덧붙였다.

"이 건은 백지 수표로 드리리다."

백지 수표는 '좀비'처럼 현실이 아닌 영화에나 나올 법한 단어였다. 좀비를 만난 듯 놀란 가슴을 진정키 어려웠다. 그는 회사 사정으로 더는 제작 의뢰를 받는 것이 힘들고 진행 중인 프로젝트에 인원이 총동원된 상태라고 말해야 했지만, 대학 병원과 계약 직전까지 갔던 물리 치료 VR 프로그램 하나가 엎어진 여파로 재정이 어려운 상황이었다. 대표로서 그 구멍을 메울 대안을 찾아야 했다. '정확한 데이터를 바탕으로 기존 프로그램과 유사한 패턴을 이용한다면.' 하고 절충안을 생각했다.

"그렇다면 베링해 킹크랩잡이를 좀 더⋯⋯."

"아니, 베링해보다 그 멸치잡이 프로그램을 보강하는 게 시급해 보입니다."

"네?"

"왜? 너무 뚱딴지같은 제안인가?"

베링해에서 배를 탔다는 사람이 멸치잡이 프로그램을 손봐야 한다고 말하는 게 앞뒤가 맞지 않았다.

"왜 갑자기 그러시는지⋯⋯."

"옛날 생각이 나서, 배 타던 그 옛날."

널뛰는 감정에 장단을 맞추는 것이 대표의 일이다. 더블 샷 커피로 눌러지지 않는 피곤함이 밀려들었다.

"그 지옥을 다녀온 사람으로서 모욕감을 느낀다오. 그렇게 살 만하지 않아. 매 순간 죽을 것 같은 공포여야지, 롤러코스터 탄 기분을 느끼게 만드는 걸로 끝나선 안 돼요."

"딱 집어 뭘 바꾸었으면 하시는지."

"진짜를 원한다니까."

선뜻 무어라 답하기가 어려웠다. 본래 의뢰받은 프로그램에 대한 것이 아니기에 더더욱.

"돈은 더 드리리다."

"돈의 문제는 아닙니다."

"다른 병원 프로그램 하나가 엎어져서 자금 사정이 좋지 않은 걸로 아는데, 내 제안을 마다할 이유가 있습니까."

그는 의뢰를 맡길 회사의 재정 상태까지 미리 조사할 정도로 철두철미한 사람이었다. 그러나 그 이유를 말하지 않는 편이 목훈의 마음을 움직이기에 더 좋았으리라.

"그럼 저희 같은 회사가 수십 개고 그 정도 프로그램 맡길곳은 충분하다는 것도 아실 텐데요."

"목 대표의 기분을 상하게 했다면 사과하리다. 회사는 많겠지요. 투자해 달라고 찾아오기에 나도 몇몇 프로그램을 써 봤고. 그런데 그중 내 마음을 움직인 건 목 대표 프로그램뿐입니다. 스타트업 젊은 대표 몇은 말만 번드르르한 떴다방 부동산업자들과 비슷하더군요. 선택권은 내가 아니라 목 대표에게있다는 뜻이에요."

"……충분한 데이터가 있다면 고려해 볼 수 있습니다. 반년정도 더 손을 보면 현실감 있는 프로그램 가동이 가능하고요."

"목 대표, 난 시간이 많지 않아요. 그 반년 후에 또 어떤 변수가 생길지 모르니. 내게는 일분일초가 수백, 수천만 원이에요. 다른 것보다 시간이 제일 아까워요. 한 달 안에 프로그램이넘어와야 내가 그나마 온전한 기력으로 볼 수 있겠지요."

"그럼 정보를 조금 더 취합해서 멸치잡이에 가깝게……."

"좋아요. 그러면 그 건은 그 건대로 보강하고 하나 더 추가할 프로그램은……."

자신이 원한 걸 얻은 뒤 다음 고개에서 또다시 기다리는 호랑이 같았다. 가슴속의 무언가가 피시식 소리를 내며 식는 기분이었다. 머리에 이고 있는 뇌 광주리에는 떡하니 그에게 내어 줄 반짝이는 아이디어가 남아 있지 않음에도.

시작과 끝이 늘 그랬다. 획기적인 기획안으로 시작해도 늘 상업적인 단맛으로 끝나는 결과물. 클라이언트들은 요구했다. 조금 더 디테일을 줄여서 단가를 낮추고, 조금 더 상업적이고 자극적으로 해 달라고. 그들은 결과물보다 그 결과물이 끌어온 숫자에 감동했으니까.

"또 어떤 프로그램을 원하시죠?"

"……히말라야."

목훈은 물끄러미 사진을 내려다보았다. 킹크랩 한 마리를 들고 함박웃음을 짓고 있는 거친 바다 남자들. 이 사진과 히말라야가 어떤 접점을 가지는지 감이 오지 않았다.

"히말라야 고산 지대에서 야영하는 시뮬레이션을 만들어 주시오."

너무나 의외의 요청이라 말문이 막혔다. 인생의 평안하고 아름다운 순간들을 제치고 혹독한 히말라야에서의 야영이라니. VVIP의 병이 치매인가. 그의 머릿속을 읽은 듯 노인은 가쁜 숨을 몰아쉬면서도 터져 나오는 웃음을 숨기지 않았다.

"난 그렇게 상냥한 노인네가 아니요. 사람도 가리고 의심도 많아서 곁에 누굴 두지 않습니다. 근 10년 안에 잘 모르는 사람과 이렇게 오랫동안 이야기를 나눈 것도 처음인 듯하군요."

"왜 꼭 거기여야 합니까?"

그의 얼굴에서 웃음기가 가셨다.

"그건 목 대표가 이해할 수 없을 거요. 내 인생을 온전히 경험해 보지 않은 이상, 쉽지 않지."

"이유를 여쭤봐도 될까요?"

"늙은이 마지막 소원에 뭔 이유가 있으려고. 가장 중요한 조건 하나를 말하지요. 이 프로그램은 철저히 개인적인 용도니 홍채 인증을 거쳐서 쓸 수 있도록 만들어 줘요."

"홍채 인식은 옵션으로 가능합니다."

"아, 목 대표 회사에서 개발 중인 기술도 홍채 인식으로 불린다던가."

목훈은 당혹스러움보다 불쾌감을 느꼈다. 회사 내에서 동지 프로그램을 부르는 다른 이름이 '홍채 인식 기술'이었다. 그는 동지도 알고 있는 것인가.

내부에서 누군가가 눈과 귀가 되어 소식을 나를 리는 없었다. 함 회장이 사람을 고용해 훔쳤다는 쪽으로 심증이 기울었다. 반타 블랙 뒤에 숨은 해커, 그리고 함 회장. 이들은 이미 목훈의 프로그램이 어느 단계까지 진행되었는지 파악했다는 의심이 일었다.

"함 회장님, 지금부터 드리는 말씀은 저희와의 계약에 있어서 굉장히 중요한 문제입니다."

"말해요."

"우리 회사 사정을 따로 보고하는 내부인이 있습니까?"

"아니오."

"그럼 대표님께서 개인적으로 우리 회사를 사찰하고 계신 건가요?"

"이 프로그램은 내 인생의 모든 치부와 관계가 있소. 그러니 내 입장에서 그 정도는 당연한 거 아니오? 컴퓨터 잘하는 친구가 회사 프로그램과 내부 회의 자료 몇 개를 보고 정보를 줬어요. 다른 곳에 내보낸 적은 없습니다. 목 대표도 프로그램에 해커가 침입한 사실을 내게 다 말하지는 않았잖소. 병원 내부 전산망에 해커가 침입하면 개인 정보가 노출되고 시스템이 망가지는데, 그런 중차대한 오류를 숨기고 있지 않나."

의료 VR을 앞서 도입하는 병원들이 가장 두려워하는 문제이기도 했다. 기술은 날개를 달고 날아가지만 그를 뒷받침하는 법과 보안은 현실 중력의 영향을 받는다. 초창기 인터넷 뱅킹의 사건 사고가 잦았던 이유도 이와 비슷했다. 아직 믿을 만한 보안 체계가 자리 잡지 못한 것이 치료 VR 프로그램 대중화의 가장 큰 걸림돌이었다.

"현재까지는 알파 프로그램이고, 여러 명이 동시 접속할 때

나 병원 전산망을 통해 접속할 때는 다른 보안 프로그램의 보호를 받으니 안심하셔도 됩니다. 그리고 홍채 인식은…… 저희 말고도 많은 회사가 진행 중인 프로젝트입니다."

목훈은 다시 한번 '홍채 인식'에 대한 사실 확인이 필요했다.

"홍채 인식은 그럴싸한 대외적 명분이고 뇌에 칩을 삽입해 뇌파로 몸을 조절한다더군. 알려 준 이에 따르면 황금 알을 낳는 거위가 될 거라던데."

목훈은 입을 다물고 그를 바라봤다. 비밀리에 추진 중인 내부 프로젝트를 외부인이 속속들이 알고 있다는 게 께름칙했다. 함 회장이라는 사람은 모든 정보를 통제하고 권력을 손에 쥐며 제왕적 사고를 하는 사람이다.

"……우리 딸은 나더러 소시오패스라고 합디다."

그는 잠시 창밖을 바라보다 말을 이었다.

"내 마음속에는 똥 덩어리가 하나 있는데 말이에요. 이게 배설은 안 돼. 고약한 냄새를 숨기려면 더 독한 냄새를 뿌려야 해요. 가끔 그 똥 덩어리가 커져. 내가 치우고 또 치워도 다음 날이면 다시 똥 덩어리가 생긴다오. 사는 동안에도 죽어서 관에 묻혀서도 그 똥은 몸의 일부가 된 채 썩어 가게 된다고. 같이 천국으로 갈지, 지옥으로 갈지 모르지만."

목훈은 그쯤에서 일어섰다. 노인의 넋두리를 더 들어 준다고 상황이 바뀔 것 같지 않았다.

"재활 프로그램은 일정대로 완성하겠습니다. 나머지 두 제

안은 가능한 업체를 알아봐 드리지요."

"목 대표, 너무 깐깐하게 굴지 말아요. 먹여 살려야 할 직원을 거느린 대표가 제 기분 따라 의사 결정을 하는 건 옳지 않아요."

'전 당신 같은 사람을 잘 압니다. 너무 오래 겪었죠.'

목훈은 하고 싶은 말을 울대로 넘겼다. 그럼에도 함 회장은 그 안에 웅크리고 있는 미움을 간파했다.

"사람 입은 사실 두 개입니다. 욕을 하는 입, 앞에선 아닌 척 지껄여 주는 입. 나이가 들면 상대의 말이 그중 어느 쪽에서 나오는지 알아채는 능력이 생기는데 목 대표는 입 하나가 없어요."

어느 쪽 입이 없냐고 묻고 싶지도 않았다. 그의 시간이 금값이라면 목훈의 시간도 은값쯤은 되었다. 조금씩 짜증이 치밀었다. 미뤄 둔 회의와 결재해야 할 서류가 눈앞에 아른거렸다.

"목 대표도 아버지를 증오하나."

그 말은 목훈이 제 선을 넘게 만들었다. 눈앞에 있는 사람이 썩은 이를 드러낸 아버지처럼 느껴졌다.

"목 대표, 난 다른 걸 원하는 게 아니오. 그 홍채 인식 프로그램은 당신처럼 아버지를 증오하고 10년째 내 얼굴을 보지 않는 아들 녀석을 위한 겁니다. 인증을 거쳐서 그 히말라야 프로그램을 체험해 보길 바라오. 걔는 내 돈은 원해도 난 증오해요. 살아서 내 앞에서 알랑방귀를 뀌느니 알거지가 되겠다는 놈이오. 그래도 뒷구멍으로는 상속 유류분 청구하려고 변호사까지 알아봤더라고. 목 대표가 아버지와 사이가 나쁘다기에 더할 나위 없는 적임자처럼 느껴졌지."

목훈은 이글거리는 눈빛으로 그를 바라보며 말했다.

"아드님도 여기에 동의하시나요?"

"아뇨. 그래서 결국 후회하겠지. 아버지처럼 살기 싫다고 호언장담하지만 치열하게 노력하지는 않죠. 냉소와 몸부림은 노력이 아니에요. 돈 없고 힘없는 아비였으면 아버지처럼 되기가 싫은 게 아니라 그냥 아비가 싫다고 했겠지."

씁쓸함이 올라왔다. 이해하면서도 동의하고 싶지 않은 마음.

"전 재산을 사회에 환원한다고 쓴 유언장 사본을 보냈으니 결국 죽기보다 싫은 아비의 소원을 들어줘야 할 거요."

'소원이 맞습니까? 명령이 아니라.'

목훈은 그 문장을 애써 삼켰다.

"차차 알게 될 겁니다. 차차."

함 회장은 잠에 빠진 듯 눈을 감았다. 목훈을 안내했던 노부인이 들어와 문 앞에 섰다. 두 사람의 모습을 CCTV로 관찰하다가 들어온 것 같았다. 사람을 만나고 내보내는 데 정해진 절차를 두는 걸 보면 불필요한 관계에 힘을 빼고 싶지 않은 듯 느껴졌다. 멸치잡이 승선 프로그램을 보강하고, 예정에 없던 새 프로그램을 초고속으로 만들고. 목훈은 철저히 함 회장의 시뮬레이션대로 움직여진 듯해 진이 빠졌다. 목훈은 그가 원하는 답을 주지 않고 물러났다.

다음 날, 함 회장의 문지기인 요양 병원의 박 원장에게서 연락이 왔다. 그는 별다른 말 없이 퇴근 후 회사 근처에서 저녁을 사겠다는 말을 전했다. 그 식사가 함 회장의 주문서를 전달하는 자리임을 알았지만 어쨌든 자신은 오더를 받은 입장이었다.

박 원장은 목훈의 회사 근처 일식집에 자리를 예약했다. 정갈한 좌식 방으로 안내된 목훈 앞으로 제시간보다 몇 분 늦은 박 원장이 헐레벌떡 들어왔다.

"어이쿠, 미안합니다. 일찍 출발했는데 생각보다 더 막히네요."

"저도 좀 전에 도착했습니다."

"그럼 식사부터 시킬까요?"

목훈은 박 원장이 추천한 코스 요리를 주문한 뒤 정종 대신 시킨 소주를 따랐다. 술의 취향을 보면 그 사람의 울타리가 보이는데, 박 원장은 그 경계가 낮고 소탈한 사람이었다. 회 몇 점이 들어가고 술 두 병이 비워질 때까지도 박 원장은 함 회장 이야기를 꺼내지 않았다.

"목 대표가 만든 수면 유도 프로그램의 가장 큰 수혜자가 누구인지 압니까?"

목훈이 의아한 표정으로 바라보자 그는 손가락으로 자신을 가리키며 말했다.

"바로 저예요."

말을 마치고 그는 너털웃음을 터뜨렸다.

"1순위가 저고 2순위가 제 아내입니다. 사실 아내가 몇 년 동안 갱년기를 겪어 도통 잠을 못 자고 고생이 많았거든요. 춥다, 덥다, 이불을 훅훅 차고 당기고……. 근데 병원에서 쓰는 프로그램이랑 헤드기어를 가지고 와서 쓰게 했더니 곧잘 잠을 자더라 이겁니다. 수면 유도제도 끊었어요."

술기운 때문인지 피식 웃음이 배어 나왔다. 병원 원장치곤 소탈한 말들이 무겁던 기분을 풀어 주었다.

"아, 오늘 술맛은 좀 다네요. 이 맛이라는 게 사람과 분위기에 따라 천차만별이라지요. 달게 느껴지는 건 아마 목 대표와 내가 비슷한 처지라서일 거예요."

"네."

목훈은 그와 달리 여전히 쓴 소주를 입안에 털어 넣었다.

"목 대표, 인도 록파족이라고 압니까?"

"아니요."

"한 스무 명쯤에게 물어봤는데 아무도 모르더라고요. 아는 이가 나타날 때까지 묻고 있는 나도 참 웃긴 사람이요."

그는 자신의 휴대 전화로 무언가를 찾더니 사진 하나를 목훈의 눈앞에 들이밀었다. 그런 뒤 목훈의 빈 잔에 조용히 술을 채웠다.

"남편이 있는 여성이 두 번째 남편을 맞는 장면이에요. 첫 번째 남편이 잘해 주지 않아서 다른 남자에게 청혼했다더군요. 고산 유목민이라 여자가 귀하답니다. 그래서 남자가 지참금을 가지고 여자에게 장가를 오죠."

"희한하군요."

"합리적인 거죠. 고산 지대라 남자들이 한 달 넘게 집을 비우기도 하는데 그러면 남아 있는 다른 남편이 집안 살림을 한답니다. 혹여 밖에 나간 남자가 변을 당해도 언제나 플랜 B가 있으니까 삶이 이어지죠."

목훈은 옅은 웃음으로 대답을 대신했다.

"그뿐만이 아니에요. 이리저리 떠돌아다니는 유목민이다 보니 먹여 살릴 입이 많으면 좋지 않겠죠. 게다가 걷지도 못하는 늙은 부모라면 더더욱. 그래서 선택과 집중을 합니다. 적당한 장소에 텐트를 친 뒤 늙은 부모를 한 달 정도 먹을 식량과 함께 두고 떠나죠. 가축을 치다 한 달 후에 돌아왔는데도 살아 계시면 다시 한 달치 식량을 두고 떠납니다. 반복이에요. 부모가 죽을 때까지."

목훈은 묵묵히 들어 올리던 술잔을 입가에서 멈췄다.

"슬픈 건 언젠가 먼 미래에 자신도 그 자리에 있을 걸 안다는 거죠. 늘 마지막일지도 모른다는 마음으로 절을 올리고 떠나는 자식의 마음도 먹먹하겠죠."

"그래서 함 회장이 전해 달라는 말은 뭡니까?"

"그 양반이 그럽디다. 목 대표는 1절만 해도 알아들을 거라고. 회사를 오래 운영하셔서 그런지 사람 참 잘 봐요. 성질이 깐깐해서 손해를 보더라도 마음에 안 들면 절대 타협 안 할 사람이라고 하시더군요."

"잘못 보셨어요. 클라이언트 앞에서 무릎 여러 번 꿇었습니다."

"저는 화장실 바닥에서도 꿇어 봤습니다."

그 말에 두 사람은 너털웃음을 터뜨렸고 술잔이 더 빨리 비워졌다.

"……실은 상속 문제로 꽤 골치가 아픈 모양이에요. 큰아들이 함 회장 아프기 전부터 회삿돈을 횡령하고 여러 가지로 문제를 일으켰는데 나머지 자식들과도 유언장 문제로 사이가 틀어져서 말 그대로 콩가루인 모양이더라고요."

"그게 우리 회사에서 개발 중인 신기술과 VR 프로그램이 필요한 이유가 됩니까?"

"함 회장은 비즈니스맨이에요. 계산이 누구보다 정확한 사람이죠. 그는 자식들이 돈 앞에서 자기 말을 따를 것임을 잘 알고 있습니다. 그래서 세 남매가 VR로 록파족 체험을 하길 바라요. 남겨진 부모의 얼굴이 함 회장 본인이 아니라 자신들의 것이고, 버리고 떠나는 자식의 얼굴은 저들이 그 모양 그 꼴로 키우는 자기 자식들의 얼굴인 것으로요."

"자식들이 정말 그 프로그램을 이수하는지 홍채 인식으로 확인한다?"

"알바 시켜서 완료했다고 할 수도 있으니까요. 요구 사항은 그래요. 하루 세 시간씩 6개월을 이수해야 유언장 속 상속분을 받을 자격이 생깁니다. 절대 다른 사람이 대신할 수 없고 처음부터 끝까지 본인이 그 과정을 체험해야 하고요. 말이 체험이지 아침저녁으로 영하로 내려가는 히말라야 고원에서 낡은 텐트 하나 치고 제대로 걷지도 못하는 병든 노인의 삶을 살라니, 거의 고문에 가까운 요구지요. 맹수에 물어뜯겨 죽든 얼어 죽든 양식이 떨어져서 죽든 결국 그 체험의 끝은 죽음이에요."

"자식들이 불쌍하네요."

박 원장은 대답 대신 도미 회 한 점을 입안에 넣었다. 회 맛이 흡족한지 함 회장을 씹는 기분이 흡족한지 넉살 좋게 말을 덧붙였다.

"오늘 도미가 제맛이네요. 씹는 맛이 일품입니다."

"전 회를 잘 몰라서."

"붉은 껍질을 얹었다고 점성어를 도미라고 생각하는 사람들이 많은데 먹어 보면 압니다. 그 붉은 때깔에서 차이가 나지요. 회가 잘린 조직의 단면이 이렇게 달라요."

눈앞에 놓인 도미를 두고도 이해할 수 없는 이야기였다.

"목 대표, 만약에요. VR로 이 도미와 점성어의 차이를 구별할 수 있다면…… 뭐, 거의 다 온 거예요."

박 원장은 껄껄 웃으며 또다시 접시를 목훈 쪽으로 돌렸고 그도 도미 회 한 점을 입에 넣었다.

"도미의 식감은 쫄깃한데 점성어는 살짝 질겨요. 또 점성어는 기름 냄새가 더 많이 납니다. 그건 눈으로 봐서는 확인할 수 없는 부분이죠. 이게 도미가 아니라 점성어라고 생각해 봐요. 식감은 차치하고 기름 냄새를 없앤 상태로 도미인 양 먹는다면…… 도미 값이 떨어질까요, 점성어 값이 올라갈까요."

목훈은 코끝에 도미 회 한 점을 가져다 대 보았다. 기름 냄새가 나지 않을 도미임에도 그의 후각은 혹시 섞였을지 모를 냄새를 쫓았다. 술잔이 두어 순배 오가고 살짝 취기가 오르기 시작했다.

"아, 함 회장이 마지막 6개월째에는 양식이 떨어져도 자식들이 찾아오지 않는 걸로 세팅해 달라십니다."

"괴팍한 노인네군요."

눌러놓았던 진심이 새어 나갔다. 박 원장은 껄껄대며 고개를 끄덕이더니 그의 빈 잔을 채웠다. 필터 없는 말을 끌어내려고 소주를 시켰나.

목훈은 함 회장이 의뢰한 프로그램이 애초의 목적과는 다른 결과를 가져오리라 생각했다. 먼 미래에 늙고야 말 그들에게 하는 진심 어린 충고일지라도 그의 자식들이 아버지의 뜻을 선의로 생각할 리 없다. 오히려 악의에 가득 찬 조롱이라고 여기지 않을까.

경제학자 하이에크는 지옥으로 가는 길은 선의로 포장되어 있다고 말했다. 의도가 아무리 선할지라도 결과를 생각하지 않은 호의는 상대를 고꾸라뜨릴 수도 있다.

물론 인간의 본성에 대한 경고를 인생의 나침반으로 삼을 사람은 이 이야기 속에 존재하지 않으니까. 그리고 함 회장의 선이 이끄는 곳은 자신의 의도와 전혀 다른 곳일 수도 있기에.

"VR 프로그램을 만드는 부분은 하청을 주고 저희는 회장님이 원하시는 신기술만 적용하겠습니다. 저희도 여건상 모든 프로그램을 다 맡을 수는 없으니까요."

"그럼 그렇게 부탁하겠습니다. 그리고 멸치잡이 프로그램 말입니다. 함 회장이 손보는 김에 목 대표가 직접 시나리오 프로그래밍에 참여해서 짜 달라고 합니다."

"네?"

목훈은 뒤통수를 얻어맞은 듯 얼얼했다. 함 회장이 원한 것이 자신의 삽질인가.

승선 프로그램은 어디까지나 체험용으로 준 것이었고 재활 프로그램과는 별개였다. 자동차나 배를 타면 멀미를 하는 사람에게 치료용으로 쓸 수도 있겠다는 말에 일회성 체험판을 준 것뿐이다. 이건 본품이 아니라 서비스로 증정한 샘플로 태클을 거는 것이나 마찬가지였다.

"물론 계약된 재활 프로그램 속에 그 멸치잡이 프로그램이 들어가 있는 것은 아니지요. 다만……."

"다만 또 뭐랍니까?"

자신도 모르게 격한 반응이 나가 버렸다.

"목 대표와 담당자가 직접 멸치잡이 배를 탄 뒤 만든 걸 해 보고 싶다 하시네요."

"뭘…… 하라고요?"

"일전에도 강조한 것처럼 현장감이 가장 중요한데 테스트 프로그램에선 실제 조업 환경이나 승선 느낌이 구현되지 않았 답니다."

"저희도 몇 차례 현장 조사와 자료 조사를 해서 충분히 데이 터를 반영한 결과물입니다. 그리고 전 회사의 대표이지 개발 자는 아니고요."

"'발등에 불 떨어지니 자기 개는 잘 뛰게 만들었잖나.'라고 하시더군요."

그는 함 회장의 말투를 찰떡같이도 흉내 내었다. 아픈 구석 을 건드리는 평가였다.

현장 실사팀이 따 온 것은 돌고래를 구경하는 유람선과 평 범한 어선의 출항 영상이었다. 멸치잡이 어선과 비할 바는 아 니었다. 그래도 다양한 배경 제작을 위해 날씨 흐린 날, 야간 등 다양한 옵션에 심혈을 기울인 작품이었다. 그런데 통째로 갈아엎으라니 환장할 노릇이다.

"콕 집어 뭐가 부족한 건가요?"

"그놈의 느낌이겠죠. 어렸을 때 할머니까지 포함한 여섯 식 구가 단칸방에서 복작거리며 큰 양푼에 비빔밥을 해 먹었던 기억을 원했는데 잘 플레이팅 된 스테이크가 나온 거니까요.

원한다면 탈 배까지 알아봐 준다고 전해 달라십니다. 배를 타는 시간과 노력에 대해 확실한 보상은 해 주실 분이에요."

"모든 사람을 돈으로 계산하는 분이기도 하고요."

"함 회장이 아니라 경제학이 그렇죠. 인센티브가 가장 깔끔하고 효율적이니까. 시장 경제란 게 그래요. 목 대표, 스타트업 회사를 꾸려 가려면 아직 시장성이 확보되지 않은 제품을 사 준다는 함 회장의 손을 잡을 수밖에 없는 겁니다. 이 말도 하셨어요. 목 대표가 그날 대답을 하지 않고 나갔다고. 목 대표는 자기가 뱉은 말만 지킬 사람이니 꼭 대답을 듣고 오라고. 참, 그 BCI 기술도 꼭 넣어 달라십니다. 비밀은 보장해 주신다고."

말을 전하는 사람이나 듣는 사람이나 고역이건만 정작 말을 한 당사자는 쏙 빠진 상태였다. 게다가 휘뚜루마뚜루 둘러쳐진 느낌이었다.

그것은 마치 어젯밤 꾼 본인의 생생한 꿈을 똑같이 재현해 달라는 것과 다를 바 없는 주문이었다. 그의 옷을 입고, 그의 신발을 신고, 똑같은 잠자리에 든다 한들 같은 꿈을 꿀 수 있을까. 의뢰인의 취향이 이해 불가일지라도 그 몹쓸 취향대로 완성해야 하는 게 VR 제작자의 숙명이라고 생각하며, 목훈은 그들이 원하는 대로 고개를 두어 번 끄덕여 주었다.

5

그로부터 이틀 뒤 금요일 밤, 목훈은 부산으로 가기 위해 차에 올랐다.

회사 일을 마치고 서울 사무실에서 출발하니 어느덧 밤 9시가 다 된 시각이었다. 함께 나선 윤 팀장과 문경 휴게소쯤에서 교대하기로 하고 목훈이 먼저 운전대를 잡았다. 퇴근길의 올림픽 대로는 꼬리에 빨간 불빛을 달고 반딧불이처럼 점점이 나아가는 차들로 가득 차 있었다. 앞차의 불빛에 모든 생각을 맡기고 그저 가다 서다를 반복하며 집으로 돌아가는 사람들은 제 꼬리를 따라오는 이들에게 불빛을 되비추며 힘든 도시 생활 속 동료애를 발휘했다.

하품하던 윤 팀장이 기지개를 켜며 말했다.

"근데 그 함 회장이라는 분, 대단하네요. 대표님한테 직접 배를 타라고 하고, BCI 기술을 접목시킨 히말라야 한정판 프로그램까지 만들어 달라니."

"그게 제일 걱정이야. 준비가 안 됐는데 너무 빨리 알려질까 봐."

"개발자들 단톡방이야 늘 참새 방앗간인데 어떤 식으로든 곧 알려지겠죠."

한쪽은 BCI 프로그램을 내놓으라고 하고, 한쪽은 그 신기술을 덮으라고 하고, 직원들은 미주알고주알 다른 업체에 그 소식을 퍼다 나르고. 죽어나는 것은 사이에 낀 자신뿐인 듯했다. 윤 팀장은 이내 피곤함에 지쳐 잠이 들었다.

서울을 벗어나 고속도로에 오르자 목훈 역시 잠이 쏟아졌다. 윤 팀장이 깰까 봐 음악을 틀 수도 환기를 시킬 수도 없는 상황이라, 그저 묵묵히 졸음 껌을 씹으며 어둠 속을 달려가는 앞 차의 불빛만을 쫓았다. 문경 휴게소에 도착하자 목훈은 잠이 든 윤 팀장을 깨우는 대신 의자를 젖히고 쪽잠을 청했다. 불편한 잠자리일수록 더 낯선 꿈을 꾸는 목훈은 고속도로가 온통 멸치 잡는 배들로 차는 꿈을 꿨다. 만선의 배들이 불빛을 밝히고 항구에 찾아들 듯 휴게소로 들어서자 어둠에 숨어 있던 굶주린 갈매기들이 떨어진 멸치를 집어 먹기 시작했다. 목훈은 제 손가락보다 굵은 멸치 하나를 집어 들어 살며시 베어

물어 보았다. 뼈까지 통째로 씹으며 읊조렸다. 딱 세꼬시네.

그 순간 반대편에서 달려 온 섬광이 그를 깨웠다. 칠흑 같은 어둠 속에서 눈을 떴지만 그곳이 어디인지 가늠되지 않았다.

"대표님, 꿈꾸셨어요?"

운전 중인 윤 팀장을 보며 목훈은 잠시 멍해졌다. 몇 초 뒤에야 문경 휴게소에서 자리를 바꾸고 기절하듯 잠들었던 기억이 떠올랐다. 옆자리에서 운전 중인 윤 팀장이 슬쩍 그를 바라보며 미소 지었다.

"뭘 그렇게 맛있게 드시길래 쩝쩝 소리까지 내며 잠꼬대를 하세요?"

"내가?"

"배고프시면 휴게소 한번 들를까요?"

"아니, 얼마나 남았어?"

"한 시간 정도요. 배가 몇 시에 출발한다고 했죠?"

"3시 반."

"몇 시간이라도 눈 붙이려고 했더니 씻지도 못하겠네요."

"다음 휴게소에 잠깐 들러서 교대하고 눈 좀 더 붙여도 돼. 배 타면 열두 시간은 초주검이야. 멀미약 잘 챙겼지?"

"어렸을 때 아버지 따라 낚싯배도 타 봤다니까 그러시네. 보디 캠도 잘 챙겼고 배터리도 잘 충전해 뒀고……. 멀미 그까짓 것 속만 몇 번 게워 내면 괜찮아지겠죠."

그 속을 게우고 위액까지 토해 낼지도 모른다고는 굳이 설

명하지 않아도 될 듯했다. 어쨌거나 이 먼 길을 마다하지 않고
따라온 유일한 직원이니 고속도로에서 마음이 바뀌지 않도록.

새벽 1시가 넘어서야 기장 대변항에 도착했다.
근처 모텔에서 쪽잠을 자기에도 늦은 시각이라 두 사람은
항구 입구에 차를 세우고 잠을 청했다. 매서운 바닷바람에 차
가 흔들려 선잠마저 달아났다. 만약 혼자였다면 지독히 외롭
고 무서울 시간이었다. 새벽 3시가 되기 전, 두 사람은 누가 먼
저랄 것도 없이 짐을 꾸리고 카메라와 녹음기를 챙겨 약속 장
소로 갔다. 불을 밝힌 항구에서 멸치잡이 어선이 여러 척씩 선
단을 이뤄 분주히 출항 준비 중이었다. 목훈은 함 회장이 소개
해 준 대승호를 찾아 주변을 둘러보았다. 네다섯 척씩 무리를
지은 선단 사이에서 홀로 출항을 준비하는 배 한 척이 눈에 들
어왔다. 필기체로 휘갈겨 쓴 듯한 '대승호'란 글자를 확인하고
부두에서 짐을 부리는 남자에게로 향했다. 검게 그을린 피부
와 주름진 얼굴을 보면 못 잡아도 50대나 60대는 되어 보이는
이 사내가 함 회장이 줄을 댄 김 선장인 것 같았다.
"안녕하세요, 혹시 대승호 선장님……."
목훈은 뒷말을 흘렸다.
"아, 서울서 온다는 분이십니꺼?"
"네, 목훈입니다."
"같이 온다는 일행은요?"

그 타이밍에 기다리고 있던 윤 팀장이 꾸벅 인사를 하며 앞으로 나왔다.

"오늘 남해안 쪽 배들이 많아가 빨리 치고 나가야 합니다. 퍼뜩 오르소."

김 선장의 재촉에 두 사람은 대승호에 올랐다. 단일 어선으로는 큰 편에 속하지만 네다섯 척이 한 조를 이루는 선단에 비하면 규모 면에서 열세라 늘 어획 경쟁이 치열하다 들었다.

두 사람은 배에 올라 출항 준비 중인 일곱 명의 선원들과 차례로 인사를 나눴다. 통성명도 없이 그저 서울에서 오신 분들이라고 호칭이 정리되고, 배는 쫓기듯이 대변항을 떠났다.

검은 밤으로 뒤덮인 바다에는 하늘 가득 떠 있는 별과 반쯤 걸린 달이 전부였다. 배들은 항구를 떠나기 무섭게 각자의 항로를 따라 나아갔다. 보이지 않는 밤바다를 가르며 물고기가 있을 길을 쫓았다.

그사이 윤 팀장은 어제저녁 먹은 식사를 모두 게워 내며 연신 구역질을 했고 목훈은 그의 등을 두드려 주며 차가운 바닷바람을 쐬었다. 낚싯배를 몇 번 타 본 경험으로는 명함도 내밀지 못할 파도였다.

선장이 멸치 떼의 위치를 알아내기 전까지 선원들은 간이침대에 누워 잠을 청했다. 엔진 소리와 부서지는 파도 소리를 제외하면 지독히도 조용한 바다였다. 윤 팀장이 조금 안정을 찾은 사이 목훈은 홀로 깨어 있는 선장에게 다가갔다.

"멀미도 안 하고 잘 견디시네요?"

"네. 멀미약을 먹어서 그런가 봐요."

"같이 오신 분은 약도 토했드만. 가만 보면 체질인 기라."

배를 타던 아버지가 이런 것도 물려주었을까. 목훈은 말을 아꼈다.

"선장님, 이렇게 멀리까지 나갑니까?"

"멸치 가는 데로 따라가야지요. 대마도 근처까지도 간다 아입니까."

"근해에도 멸치 떼가 있지 않나요?"

"그런 건 선단이 싹쓸이해 가니까요. 본선에 800마력 엔진을 달면 우리 같은 350마력은 비교도 안 되지요. 저런 짓 하다가 결국 죽어 나가는 기는 바다고만."

김 선장의 주름진 눈이 아무것도 표시되지 않은 빈 레이더를 응시하고 있었다. 대형 선단들의 엔진 불법 개조로 자원 고갈이 지속됨에도 경쟁적으로 엔진을 바꿔 다는 풍토가 만연하다는 소식을 들었다. 그 와중에 김 선장처럼 기본을 지키기 위해 안간힘을 쓰는 양심적인 이들의 시름도 깊어지고 있었다.

남해안 멸치를 잡는 기선 권현망 어업은 주로 선단 단위로 이뤄지는데 너덧 척의 배가 철저히 분업형 조업을 한다. 어군을 찾아내는 어탐선, 그물을 치고 끌어 올리는 본선, 잡은 멸치를 그 자리에서 삶고 나르는 가공 운반선이 하나의 기업처럼 네트워크화 되어 있다.

대승호는 삶고 가공하는 기능 없이 어탐선과 본선, 운반선의 역할을 모두 한 척에 집약한 전통적 어선이었다. 높은 출력과 물적 자원으로 인근 바다를 촘촘히 훑는 선단의 횡포는 결국 모든 사람 앞으로 청구서를 보낼 것이다.

기장 대변항 남동쪽, 제주도 동북단으로 출항한 지 한 시간 반쯤 지나자 새카맣게 붙어 있던 하늘과 바다 사이에 경계가 생기기 시작했다. 바다 한가운데가 황금빛으로 물들며 일렁이자 순식간에 하늘빛이 바뀌어 갔다.

바다가 뱉어 내는 이글거리는 태양을 보는 것은 배 위가 아니라면 경험할 수 없는 황홀한 광경이었다. 선원들은 선실에서 쪽잠에 빠져 있고 윤 팀장은 한쪽에서 멀미에 시달리고 있었다. 그 배를 탄 열 명의 사람 중 오직 목훈만이 일출의 장관에 넋을 놓고 있었다. 그를 흘낏 본 김 선장이 물었다.

"멋집니꺼?"

그 어떤 말로도 이 감정을 표현할 수 없다는 생각에 쉬 대답이 나오지 않았다.

"만날 배 타는 우리는 아무렇지도 않은데 가끔 이렇게 배 처음 타는 사람들이 신기해하는 거 보믄 그게 신기하다 아입니꺼."

"도시 사람들에겐 평생 못 볼 광경이니까요."

"그라믄 눈에 많이 담아 가소."

호주 울루루의 일출, 앙코르와트 사원의 일출, 사바나 초원 위로 떠오르는 거대한 태양……. 다큐멘터리 속 수많은 해돋이는 지금 이 순간의 황홀함을 10분의 1도 담아내지 못한다는 생각이 들었다. 멸치 떼의 흔적을 쫓아 어군 탐지기만 보고 있던 선장이 말했다.

"확실하게 백 번 듣는 것보다 어설프게 한 번 겪어 보는 게 나은 것도 있지요."

그의 말대로 이 한 번의 경험이 멸치잡이 배 시뮬레이션에 실제 같은 승선감을 살릴 수 있을지, 무엇보다 이 해돋이의 벅참을 화면에 담아낼 수 있을지, 목훈은 많은 생각이 들었다.

해는 이제 머리 위로 솟구치고 항구를 출발한 지 다섯 시간이 지났지만 탐지기에는 아무것도 잡히지 않았다. 날은 맑지만 파도가 높았다. 배 안은 쥐 죽은 듯이 조용했다. 선장 옆에 서서 수평선만 바라보던 목훈은 덩달아 마음이 초조해졌다. 배에 외부인을 태우면 부정 탄다는 뱃사람들의 미신을 믿는 것은 아니지만 조업이 순조롭지 못한 것이 자신 때문일지도 모른다는 괜한 마음이 드는 건 사실이었다.

그때 탐지기에 고정되었던 선장의 눈빛이 날카로워졌다. 몇 시간 동안 빈 화면만 지켜보던 목훈도 길게 뻗은 선 아래에 뭉친 점이 물고기 떼를 나타낸다는 것은 짐작할 수 있었다. 선장이 무전기를 빼 들었다.

"준비하자."

죽은 듯 제자리를 지키던 선원들이 분주히 움직이기 시작했다. 작업복을 입고 장화로 갈아 신은 뒤 쌓아 둔 그물의 끝을 풀어 던질 준비를 했다. 배가 멸치 떼의 이동 경로를 따라 그 앞길로 속력을 높였다. 잠시 후 선장의 명령이 떨어졌다.

"던지라!"

시작점을 알리는 오렌지색 부표가 먼저 던져지고 그물이 내려갔다. 그물의 위치를 표시할 흰색 부표들은 일정한 간격을 두고 던져졌다. 그러다 갑작스러운 웅성거림이 일었다. 선장이 창밖으로 고개를 빼고 소리쳤다.

"뭐고?"

"중간쯤에 찢어진 데가 있어가. 던지면서 더 벌어진 것 같심더."

"냅둬 보자."

질책하지는 않았지만 선장의 이마에 골 깊은 주름이 생겨났다.

무려 2킬로미터에 달하는 그물을 내리는 데만 한 시간 가까이 소요됐다. 그물이 다 내려가고 다시 끝점을 알리는 오렌지색 부표가 던져지자 1차 조업이 마무리되었다. 일흔 줄은 넘어 보이는 나이 든 선원은 이제는 기다림뿐이라는 말과 함께 뱃머리에 걸터앉았다. 그 나이에도 쉬지 못하고 배에 오른 이유가 있을까.

목훈은 티 나게 바라보지 않으려 애썼으나 노쇠한 노인이 마음에 걸렸다. 사람들은 노인을 무심히 대했고 노인 역시 그들에게 걸림돌이 되지 않기 위해 부지런히 자기 할 일을 찾아 움직였다.

엔진 소리와 파도 소리를 제외하곤 어떤 소리도 나지 않았다. 그물을 내린 뒤로 배는 더 깊은 적막에 감싸였다. 바다 위에서 수십 년을 산 사람들이지만 그물을 끌어 올리기 전에는 늘 초조한가 보았다.

기다리는 동안 선원들은 간단한 군것질거리를 먹고 갑판을 정리했다. 시장기를 달랜 뒤 부지런히 제자리를 찾아 그물을 끌어 올릴 준비를 했다.

선장의 지시에 따라 양망기를 돌리자 물에 젖어 무거워진 그물이 끌려 올라오기 시작했다. 숫제 빈 그물이라 해도 과언이 아니었다. 간간이 그물코에 박힌 멸치가 보였지만 뜰채로 잡았다 해도 믿을 정도의 맥 빠지는 수량이었다.

빈 그물을 바라보는 선원들의 표정이 날카로웠다. 찢어진 부분이 올라오자 한쪽으로 당겨 즉석에서 그물코를 꿰는 수선이 이루어졌다. 그 찢긴 부분을 중심으로 멸치가 없는 걸 보면 멸치들 처지에선 그곳이 생명의 통로가 된 모양이다. 그물을 다 감자 선원들은 다시 분주하게 한쪽으로 잡아당기기 시작했다.

"뭐 하시는 거예요?"

"얼라 눈곱만치 붙은 거 떼 뿌야지요. 털어야 다시 던진다 아입니껴."

서너 명이 일렬로 서서 긴 막대 위에 그물을 걸친 채 소리에 맞춰 털기 시작했다. 점점이 달려 있던 멸치들이 떨어지고 그물은 다시 차곡차곡 발아래에 쌓였다. 얼마 안 된다고 허투루하지 않고 알뜰살뜰 모으니 25킬로그램 플라스틱 바구니 몇개를 꽉 채울 정도였다. 그 멸치 한 상자가 하루치 일당이 되니 얼마나 귀한가.

해는 어느새 머리 꼭대기 위로 옮겨 와 있었다. 시계가 거짓말을 하는 것처럼 하루가 길고도 길었다. 빈 그물을 올리면 선원들보다 그들의 생계를 책임진 선장의 속이 새카맣게 타들어간다고 했다.

멸치 떼를 쫓아 바다를 떠도는 동안 온갖 생각으로 가득 찼던 목훈의 머리는 깨끗해졌다. 머릿속에 남은 단어라곤 오직 '멸치'뿐인 단순 명료한 상태였다. 뱃머리를 돌려 제주 서쪽으로 달려간 배는 몇 번의 허탕 끝에 마침내 기다리던 신호와 조우했다. 레이더를 바라보는 선장의 눈빛이 날카로워진 순간, 목훈은 선장의 명령보다 먼저 일어서서 갑판으로 나갔다. 배가 속력을 내기 시작하자 선원들은 명민하게 제자리를 찾아 움직였다. 일렁이는 것은 검푸른 바다 위 파도뿐이지만 그 아래 멸치가 있다는 확신이 든 그들은 본능을 좇았다.

"준비하자!"

오랜 동료이기에 그들은 각자의 자리를 알았다. 모두가 만반의 준비를 하자 또다시 선장의 명령이 떨어졌다.

"내리라!"

바다를 향해 오렌지색 부표를 힘차게 던지자 뒤이어 빠른 속도로 그물이 내려갔다. 수면에 수직으로 떨어져 조류를 따라 움직이는 멸치를 그물코에 꿰는 유자망이었다.

멸치잡이는 멸치의 특성을 그대로 따른다. 일정한 경로를 따라 이동하는 회유성 어류인지라 그 흐름을 재빨리 읽어 내는 게 관건이었다. 먼바다에서 추운 겨울을 나고 바닷물이 따뜻해질 때쯤 위로 올라오는 그 길목에서 봄 멸치잡이가 시작된다. 3월 초에 시작되어 수온이 높아지면 끝이 나고 가을이 되면 가을철 멸치잡이가 시작되는 식이다. 가장 높이 쳐준다는 봄 멸치, 즉 '봄멸'을 잡기 위해선 아직 겨울 수은주를 품고 있는 이 차가운 바다를 만나야 했다.

산란기의 멸치가 살이 통통하게 오를 무렵이면 만선을 향한 어부들의 바람도 커지기 마련. 물고기가 많이 잡혀 무거워진 그물을 당길 때면, 죽을 만큼 아프던 어깻죽지에 날개가 돋는 것처럼 신명 난다는 그들의 기분을 곁에 선 목훈은 희미하게 체감할 수 있었다.

그물의 끝을 알리는 오렌지색 부표가 던져지고 배는 또다시 긴 기다림에 돌입했다. 소란이 잦아들자 목훈의 머릿속이 멍해졌다. 그제야 자기가 이곳에 온 목적이 떠올랐다.

현실의 이 기다림을 시뮬레이션 속에서 견딜 사람이 있을까. 적막, 검푸른 바다, 흔들리는 배. 목훈은 시뮬레이션 상황을 머릿속으로 그렸다.

파도가 종일 그의 마음을 흔들어 댔다. 가슴을 졸이기도 했고 맥이 풀리기도 한, 감정이 하염없이 널을 뛰는 날이었으나 몸은 그의 부름에 정직하게 응답했다. 이걸 완전히 다른 세계에 투영할 수 있을지, 겪고 나니 자신이 없어졌다.

몇몇 선원이 다시 방수복을 갖춰 입고 나오는 모습을 보고 그물을 걷어 올릴 때임을 알았다. 양망기의 모터가 작동하자 긴장감이 감돌았다. 목훈과 윤 팀장은 애타게 만선을 기도했다. 허탕을 치고 돌아간다면 시뮬레이션에 담을 자료도 건지지 못하거니와 배에 외지인을 태우면 재수가 없다는 말을 이리 증명해 보이고 싶지도 않았다.

양망기는 한동안 빈 그물만 감았다. 물과 물고기의 무게 때문에 과부화를 막기 위해 저속으로 감는다는 말을 들었지만 그 속도 때문에 속이 타들어 갔다. 얼마 뒤 빈 그물에 점점이 꽂힌 멸치가 모습을 드러내더니 그물을 채운 멸치의 숫자가 점점 불기 시작했다. 이내 코를 꿴 멸치들이 빼곡히 딸려 올라왔다.

저 정도면 기름값은 되냐는 질문에 대한 대답은 화색 도는 선원들의 얼굴이 대신했다. 윤 팀장은 배의 가장자리로 이동해 그물에 감기는 멸치 떼를 다양한 각도에서 렌즈에 담았다. 기다림이 길었던 만큼 황홀하리만치 아름답고 감사한 순간이었다. 만약 그 반나절의 허탕이 없었다면 저 그물에 가득 담긴 멸치의 존재감이 이리 대단했을까. 그물을 던지면 으레 고기가 올라오리라 생각했던 예전의 눈으로 VR을 만들었다면……

목훈은 함 회장이 자신을 이 바다로 보낸 이유를 깨달았다. 버튼을 누르면 불이 켜지고 스위치를 내리면 기계가 멈추는 것이 당연한 도시의 삶은 실은 결코 당연하지 않았다. 기다림이 필요한 자연의 삶을 보고 배우기 위해선 그 도시 촌놈의 눈을 버려야 했다.

투명한 은빛을 발하는 멸치는 온몸을 뒤틀어 물 밖 세상에 저항했다. 그물 안 멸치들은 무게에 짓눌려 그러지 못했으나 그중 일부는 동료를 딛고 극렬하게 몸부림쳤다. 한순간도 쉬지 않고 그물을 끌어 올리는 어부들과 생을 두고 치열하게 맞서는 멸치들 사이에서 목훈은 자신이 VR 헤드기어를 쓴 이방인처럼 느껴졌다.

자신이 살아 있음을 느끼게 하는 감각은 그들이 뿜는 강렬한 냄새였다. 배 곳곳이 멸치의 잔해투성이였다. 튀어나온 내장과 살점들을 뒤집어쓰는 바람에 눈앞조차 분간이 가지 않을 지경이었다. 반찬으로 오르는 실멸치를 생각했던 목훈은 제 엄지손가락보다 굵고 긴, 게다가 살아 있는 대멸을 보고 충격을 받았다. 선원들은 고무장화를 신은 발로 아무렇지 않게 멸치를 저장고로 그러모았다. 목훈 또래로 보이는 갑판장이 목훈에게 말했다.

"발밑에 로프 안 감기게 조심하이소. 발 감기면 딸려 들어가 골로 가 뿝니대이."

"아, 네."

목훈은 얼른 발을 빼 갑판장의 옆으로 바짝 다가섰다. 놀란 가슴을 진정하고 주변을 돌아보니 윤 팀장도 멀찌감치 떨어져 선 상태였다.

"양망기 근처에는 가지도 마이소."

"위험한가 보네요."

"배 오래 탄 사람들도 양망기에 말려 다치고 죽는 일이 많다 아잉교. 저 물건 덕분에 그물 올리느라 허리 끊어질 일은 없어졌어도 까딱 잘못하면 한번에 골로 가는 기라."

"근데 이 정도면 만선입니까?"

"기름값에 조합비 정도 나옵니다. 오늘은 쪼매 올라오네요. 이번에도 빈 그물이었으면 한 망 더 던져야 집에 갖다줄 돈이 나왔을 끼라예."

"그래도 안 나오면요?"

"한 번이고 두 번이고 딸려 올라올 때까지 던져야지요. 우리야 몸만 좀 고생하고 돌아가지만 선장은 들인 돈이 얼만데 속이 새카마이 타들어 간다 아입니꺼. 이거 다 감고 나야 밥 나오니 배고프면 선실 가서 뭐 좀 들고 계시소. 오늘은 밥때가 쪼매 늦어질 깁니더."

"괜찮습니다. 다 같이 드시죠."

"마실 거라도 드시소. 속 비면 멀미가 더 심해집니대이."

속은 비었지만 쓰라린 마음은 가라앉았다. 선장의 경험치와 노련미가 그 배에 오르는 선원들과 그 식솔들의 쌀통을 채운다는 말이 과언은 아닐 듯했다.

그들의 고된 노동을 보자 정신의 어떤 근육이 부풀어 오르는 기분이었다. 생각의 힘이란 게 있다면 필히 그 힘을 강화하는 근육이 있을 터이니. 밥상에 오른 모든 먹거리가 한때 살아 있던 것들이고 누군가의 고된 노동이 그것을 내 식탁으로 가져왔다는 지극한 깨달음이었다.

그물을 마저 끌어 올리고 부표를 걷자마자 배는 대변항을 향해 속력을 내기 시작했다. 그물코에 머리가 박힌 멸치를 그대로 둔 채 그물을 한쪽에 쌓아만 두는 이유는 탈망이라는 마지막 작업이 항구에서 이뤄지기 때문이다. 해는 바다 위에 떠올라 있었다. 기온이 오르며 멸치의 신선도는 계속 떨어졌다.

배가 항구로 돌아가는 사이 선원들은 점심 준비를 했다. 바닷물에 씻은 작업복을 대충 걸어 놓고 삼삼오오 둘러앉아 풍성한 식탁을 차렸다. 그물을 던진 뒤 안친 전기밥솥의 밥이 다 되었다. 미리 준비해 온 반찬들을 꺼내는 동안, 솜씨 좋은 누군가가 회칼을 들고 갓 잡은 멸치를 손질하기 시작했다.

뭍사람들은 멸치를 회로 먹어 볼 기회가 드물지만, 갓 잡아 신선도가 유지되는 배 위에서 멸치 회는 자주 접할 수 있는 별

미였다. 머리와 내장을 떼고 물에 씻어 헹군 뒤 물기를 짜 듬성듬성 크게 썰어 채반 위에 올렸다.

수십 마리 멸치가 국그릇 하나 분량의 회가 되었다. 한 일도 없지만 미친 듯이 배가 고파진 목훈과 윤 팀장은 선원들 사이에 끼어 밥그릇 하나씩을 받아 들었다. 상추에 멸치 회 한 점과 마늘, 초고추장을 얹어 입에 넣은 두 사람은 말을 잃었다. 지금까지 먹어 본 그 어떤 회와도 비교할 수 없는 황홀한 맛이었다. 비린내가 진동하는 배 위에서 회를 먹는데도 비린 맛이 느껴지지 않았다. 신선하고 고소한 멸치의 살점이 입안 가득 육즙을 뿜어내자 감탄사가 절로 흘러나왔다.

국그릇 하나에 담긴 적은 회와 둘러앉은 많은 입을 생각하니 먹는 게 아쉽기만 했다. 같은 생각으로 허겁지겁 회를 먹는 윤 팀장을 보며 주변 사람들이 껄껄 웃더니 회 접시를 밀어 주었다.

"덕진이 아배야, 회 좀 더 썰어야겠다. 모자라면 그물 안에 있는 멸치 다 갖고 온나."

"그라입시다. 다 무 삐면 그물 한 번 더 던지 삐지."

자신을 놀리는 농담이란 걸 알면서도 윤 팀장은 머리를 긁적이며 접시를 사양하지 않았다.

"목 대표도 많이 드시소. 서울 가면 가끔 생각나서 배 타고 싶을 끼라예."

볼 안 가득 회가 가득 찬 목훈은 그저 고개를 끄덕였다. 요기가 아닌 포식을 하고 뒷정리를 마칠 무렵 멀리 항구가 보였다. 그들의 회선 소식은 위성 전화를 통해 전해져 있었다. 배가 도착하는 시간에 딱 맞춰 한 대의 트럭과 작업복을 갖춰 입은 아주머니 몇 분이 나와 그들을 기다렸다. 그들도 대승호의 가족이자 동료였다.

닻을 내리자 그들은 배 안에 실었던 짐을 받아 날랐다. 선원들은 탈망을 위한 큰 그물을 배와 부두 사이에 연결했다. 넉넉잡아 길이가 10미터는 넘을 듯한 큰 그물을 안전망처럼 설치한 후 감아 둔 멸치 그물을 그 위로 걸쳤다. 배 위에서 그물을 넘겨 주고 반대편에서 대여섯 명의 선원이 그 그물을 잡아 터는 탈망 작업이 본격적으로 시작되었다. 손으로 그물에 박힌 멸치를 일일이 뗄 수는 없는지라 볏단 이삭에서 낟알을 털듯 멸치를 터는 것이다.

장장 2킬로미터에 달하는 그물을 터는 일이 말처럼 그리 쉬울 리 없었다. 멸치가 가득 찬 그물을 1미터씩 턴다는 건 엄청난 노동력이 소요되는 일이었다. 멸치 배를 탄 사람은 다른 배를 타도, 다른 배를 타던 사람은 멸치 배는 못 탄다는 말은 이 탈망 작업 탓에 하는 말이었다. 수십 년 배를 탄 사람들조차 탈망 작업을 할 때는 도망가고 싶다는 말이 절로 나온다니 얼마나 고역인가. 초짜는 배를 먼저 태우지 않고 멸치 털이부터 시켜 보고 도망가지 않으면 그제야 태운다는 말이 있을 정도였다.

본격적인 탈망 작업이 시작되자 선원들의 목소리가 높아졌다. 수직으로 꽂힌 통통한 멸치가 그물을 털 때마다 잠깐의 자유를 찾아 공중으로 튀어 올랐다. 투두둑, 무수히 많은 멸치가 바닥으로 떨어지는 동안 배 주변을 낮게 날고 있는 갈매기들이 낚아채기도 했다. 그물을 터는 이의 고통과 살점이 뜯겨 나가는 멸치들의 고통과 그 살점을 먹기 위해 낮은 비행을 하는 갈매기의 날갯짓, 그 모두가 살아 있는 것들의 몸부림이었다.

사람도, 갈매기도, 멸치도 그저 대자연의 한 축으로 흘러갈 뿐이다. 지독한 저 비린내가 멸치에게는 죽음의 냄새일지 삶의 냄새일지. 강렬하게 저항하는 멸치 떼의 역동성은 마치 군무 같아서 보는 이에게 묘한 몰입감을 선사했다.

그물을 잡는 선원의 절반은 60대 노인이었다. 환갑을 넘은 노인 중 둘은 배를 탄 지 40년도 넘었으나 노동의 세계에선 왕성한 현역이었다. 생업의 현장에 선 그들은 나이를 잊은 채 젊은 사람 못지않게 제 역할을 해내고 있었다. 그 사이 또다시 존재감 없던 그 노인이 눈에 들어왔다. 밝은 데서 보니 이가 다 빠지고 머리가 희끗한 70대 줄로 보였는데, 여전히 배에 오른다는 게 신기하게 느껴졌다.

목훈의 시선은 자꾸만 그 노인에게로 향했다. 딱히 도움이 되는 일도 없건만 노인은 부지런히 선원들 사이에 끼어들었다. 선원들 중 누구도 그 노인에게 말 한마디 건네지 않았다. 그는 없으니만 못한 존재나 다름없었다. 노인을 배에 태운 이유를 묻고 싶었지만 딱히 물어볼 처지도 아닌지라 그저 입을 닫을 수밖에.

그물을 턴 지 얼마나 되었을까. 인도네시아인 선원 하나가 팔과 허리의 통증을 호소하며 무너져 내렸다. 나이 든 선원 중 한 명이 그에게 손짓, 발짓을 하며 뒤로 빠지라고 하자 그 선원은 고통을 참으며 그물을 놓았다. 이 배의 막내라는 그의 나이도 마흔둘이었다.

선원들이 사이를 벌려 이가 빠진 자리를 메우려는 순간 목훈은 자신도 모르게 객기가 발동했다. 왠지 그 노인이 이 자리를 메울 것 같다는 괜한 걱정이었다. 또한 머리는 쉬고 몸만 쓰면 된다는 도시 촌놈의 호기였다. 목훈이 자리를 잡자 보고 있던 윤 팀장도 그의 곁에 섰다. 가슴께에 단 보디 캠의 시간과 배터리를 확인하고 누가 시키지도 않았건만 그물코를 잡았다. 은철 아빠라는 이가 그들을 말렸다.

"몸 아끼소. 어깨 빠져서 내일 운전대도 못 잡을 껍니대이."

"30분만 털죠."

"5분만 털어도 머리가 털릴 꺼라예."

"하는 데까지 해 볼게요."

"할라치면 갈 때 선장한테 일당 받아 가이소."

솔직히 그물을 잡는 일쯤이야 식은 죽 먹기라는 생각이 들었다. 그러나 두 손으로 감아쥔 그물은 바다에 내린 닻처럼 무겁고 육중했다. 당길수록 생각이 틀렸다는 게 확실해졌다.

그물을 터는 그 단순한 노동이 매번 제 어깨에서 팔이 떨어져 나갈 만큼의 반동을 견디는 일임을 깨달았다. 어깨에 붙어 있는 팔이 비명을 질렀다. 태어나 처음으로 팔이 내 몸에 속하지 않은 것 같았다. 떨어져 나갈 듯 고통스러웠다.

그는 힘으로 버티고자 했던 생각이 오산이었음을 10분도 안 되어 절감하게 되었다. 탈망 짓 한 번마다 그물에 꿰어 있던 멸치가 아래 그물로 떨어졌다. 발 앞에 빈 그물이 차곡차곡 쌓여 갈수록 고통은 배가되었다. 30분이 지났을 무렵, 첫 줄을 잡고 있던 갑판장이 외쳤다.

"물 한 모금 마시고 합시다이."

그 말에 사람들은 기진맥진한 몸을 이끌고 구석으로 찾아들었다. 목훈과 윤 팀장은 멍하니 경계석에 앉아 넋을 놓았다. 펜대 나부랭이인 자신의 한계란 생각이 들었다.

노동에는 겪어 보지 않으면 알 수 없는 지극함이 있었고 그 것은 신성함에 가까웠다. 내가 몸을 움직인 만큼 먹을 것을 얻어 가는 이 계산은 얼마나 정직한가. 살고자 그물을 터는 자신이나 살고자 튀어 올라 저항하는 멸치 떼나 다를 바가 없었다. 목훈은 VR에 현장의 눈이 필요한 이유를 깨달았다.

바다는 멸치 떼를 내어 주고 하루를 마감했다.

부두에 내려선 그의 주위로 갈매기 한 마리가 낮게 날며 '끼룩' 울음 소리를 냈다. 목훈이 의아한 눈으로 주위를 돌아보자 옆에 있던 나이 든 선원 하나가 이 빠진 잇몸을 드러내며 크게 웃었다.

"모자에 큰 놈 하나가 끼어 있네요. 그거 달라고 보채는 기요."

모자를 벗으니 그 사이에 낀 통통한 멸치 한 마리가 딸려 나왔다. 모자에 담아 머리 위로 들어 올리니 기다리던 갈매기가 멸치를 채어 갔다.

"보시 잘 했심더."

"이것도 보시인가요?"

"그럼요! 먹을 거 베풀면 다 보시하는 거지요. 뱃사람들은 그물 올릴 때 달려드는 갈매기는 안 쫓심더. 같은 바다에서 묵고 사는데 그 정도는 베풀어야지요."

그렇게 말하면서 그는 바닥에 흩어진 잔해를 장화 발로 그러모아 한쪽에 쌓았다. 그가 자리를 비켜 주자 기다리던 갈매기 떼가 내려앉아 그의 보시를 받았다. 베풀고 받고, 받아서 베풀고. 그들 사이의 보이지 않는 약속이 이행되고 있었다. 같은 먹이를 쫓지만 서로가 적이지는 않은 관계, 오랫동안 잊고 있던 단어 공생에 대해 목훈은 생각에 잠겼다.

태양은 머리 중앙에서 살짝 비켜나 있었다. 차가운 바닷바람과 뒤집어쓴 바닷물과 머리를 데우는 강렬한 태양 빛, 그 모든 것이 부조화스러웠으나 또 이상하리만치 현실적이었다.

배를 부두에 정박한 뒤 선원들은 그물과 멸치 상자를 정리했다. 잡은 멸치를 쓸어 담아 상자에 나눠 담고, 트럭에 싣고, 털어 낸 그물을 다시 접고, 손질하고……. 마무리 작업이 끝나자 배 갑판에 물을 뿌렸다. 선원들이 뒷정리하는 동안 김 선장이 목훈과 윤 팀장을 불렀다.

"따라오이소."

선장은 그 말만을 남긴 채 무심히 앞으로 걸어갔다. 목훈과 윤 팀장은 지친 몸을 이끌고 그 뒤를 쫓았다. 선장은 보폭이 컸다. 가끔 멈춰 서서 뒤따라오는 목훈 일행을 확인하고 부지런히 갈 길을 재촉했다.

어판장을 벗어나자 횟집 앞에서 멸치를 소금에 절이는 희한한 장면이 보였다. 선장은 익숙한 걸음으로 단골인 듯한 집으로 향했다. 그는 주인의 얼굴에 인사랄 것도 없이 손 한 번 휘젓는 것으로 반가움을 대신했다.

"김천댁, 이따가 우리 멸치 받으면 젓갈 두 통만 빼 주이소."

"니 멸치, 내 멸치가 어딨노. 마, 지금 받아 가이소."

"얼라 손가락 같은 거 말고, 통통한 걸로 하소. 바로 차에 실 쿠로."

"하이고, 선장님요. 젓갈 실으면 냄새가 사흘을 빼도 안 빠지는구먼 멀쩡한 택배 놔두고 촌스럽게 뭔 짓인교."

김 선장은 멋쩍게 그를 돌아보며 물었다.

"그라믄 여기다 주소 적고 갈랍니까?"

"아, 아뇨! 괜찮습니다."

"어무이 김장하실 때 보내 드리면 요긴하게 쓰실 겁니대이."

"아직 김장철도 멀었고……."

집에 김치를 담글 어머니가 계시지 않다는 말을 그리 둘러 댔다. 비린내 가득한 멸치젓을 보내면 어찌해야 할지 몰라 우왕좌왕할 아버지도 떠올랐다. 단 한 번도 집에 무언가를 보내 본 적 없는 살갑지 않은 아들이기에 이런 상황은 낯설기만 했다. 윤 팀장은 이미 고향에 계신 어머니께 전화로 이 소식을 전하고 있었다.

"봄멸 아닌교. 산란기 때 알이 꽉 차 있는 봄 멸치를 써야 김장이 잘된다 아입니까. 가을 되면 숙성돼서 맛이 죽입니대이."

"아, 그럼……."

그가 겸연쩍은 표정으로 휴대 전화에서 본가의 주소를 찾는데 보고 있던 선장이 한마디를 보탰다.

"받을 데가 다르면 받을 사람 이름하고 전화번호를 따로 쓰시소."

목훈은 고모 댁 주소를 쓸까 망설이다 아버지의 주소와 이름을 적었다.

목노천. 오랜만에 써 보는 이름이었다. 보고 있던 김 선장이 갑자기 끼어들어 말을 보탰다.

"김천댁, 고마 젓갈은 우리 집으로 보내이소. 냉장 창고에 보관했다가 가을 되면 올려 드릴 테니까."

"알뜰히도 챙기시네요. 선물인갑지요?"

"아까 그물 털어 줬다 아입니꺼. 멸치 턴 값은 이걸로 털라고."

김천댁이 너털웃음을 터뜨리며 선장의 말을 받아쳤다.

"하이고, 비싸게도 퉁친다."

그의 비싼 일당은 선장의 창고에서 잠을 자는 멸치 젓갈이 되어 잘 익은 뒤 가을에 올라오기로 했다. 부둣가의 어시장은 가을 김장을 위해 봄멸을 준비하는 손님들로 북적였다. 그들이 손으로 가리킨 멸치는 스테인리스 통에 담긴 채 즉석에서 소금과 버물려 포장되었다. 가게 앞에는 이중 포장된 비닐이 즐비했다. 그 안에서 삼투압으로 흘러나온 멸치의 체액은 훌륭한 젓갈로 변모하는 중이었다.

바다, 멸치, 젓갈을 경험하지 않았더라면 이 세계를 이렇게 농밀하게 들여다볼 수 있었을까. 태고로 돌아가려는 멸치와 이미 태고의 것인 소금, 거기에 자신의 땀이 퍼부어져 젓갈이 만들어진다는 걸 알 수나 있었을까. 멸치와 인간의 땀과 바다의 소금. 이 삼박자로 탄생한 젓갈은 인간의 내장 기관을 거쳐 다시 태고의 바다로 돌아갈 것이다.

목훈은 이런 제 생각이 놀라웠다. 고작 멸치잡이 배를 한 번 탔을 뿐인데 그의 세계는 이렇게도 달라졌다. 뒤집어쓴 비린내로 삶의 농도가 달라져 버렸다.

서울 집으로 돌아온 목훈은 내리 열네 시간을 잤다. 바닷바람과 볕에 익은 그의 피부는 옅은 구릿빛으로 변해 있었고, 멸치 기름을 뒤집어써서인지 윤기가 흘러넘쳤다. 함께 갔던 윤 팀장 역시 마찬가지였다. 표정이 밝아지고 발걸음에도 활력이 넘쳤다. 그가 구릿빛 피부와 일일 속성으로 만든 근육을 자랑하자 주변 사람들이 놀란 눈으로 보았다.

회사 사람들은 농담 반 진담 반으로 자기도 멸치잡이 배를 타러 가겠노라 우스갯소리를 했지만, 도시의 콘크리트 벽 사이에서 나고 자란 그들이 극한 노동으로 꾸리는 삶을 진심으로 받아들이는 것은 아니었다. 멸치잡이 VR 프로그램을 왜 개선해야 하는지 이해하지 못했던 과거의 목훈과 같은 생각이었다.

멸치잡이 배를 타고 난 후 목훈의 삶은 어딘가 삐딱해졌다. 결재 서류에 쉽게 사인하고, 쉽게 점심 메뉴를 정하고, 연신 고개를 끄덕였다. 예전과 달리 삶이 명료하고 쉬워졌다. 울화도, 생각도 고이지 않고 흘러내렸다.

목훈은 하루에도 수십 번씩 바다를 떠올렸다. 정글 같은 서울의 빌딩 숲을 바라보고 있어도 쪼개진 달빛뿐이던 그 새카만 바다가 떠올랐다. 자신이 그 바다를 떠나온 멸치처럼 느껴졌다.

그 감정에 이름을 붙인다면, 희한하게도 '그리움'일 듯했다. 몸은 쉬 잠드는데 생각이 잠들지 않았다. 불면증이 터를 떠나지 않고 이불 안에 둘둘 말려 있다가 밤이면 그를 짓눌렀다.

집은 편안했지만 동시에 그가 너무 많은 생각을 퍼 올리는 우물이기도 했다. 과거를 떠올리게 하는 조금의 마중물로도 그는 젖어 들었다.

암막 커튼이 벌어진 틈으로 대단지 아파트의 불빛이 삐죽 들이쳤다. 이 시간까지 잠 못 이루는 누군가가 밝힌 불에 목훈도 쉬 잠들지 못했다. 간헐적으로 새벽이 뱉는 잔기침 소리에 귀가 곤두섰다. 바람에 나무가 흔들리는 소리, 어두운 도로를 질주하는 차 소리가 공기 중 적막을 깼다. 이윽고 그의 방 안에 남는 것은 다시 그의 숨소리뿐이었다.

그의 안테나는 윙윙 규칙적이고 낮은 울음소리를 내며 멸치 떼를 쫓았다. 심해를 이동하며 그들이 만들어 내는 초음파 파동이 베갯머리를 들썩였다. 멸치 떼가 그의 베개 아래에서 해류를 따라 움직이자, 그는 무리에서 홀로 떨어진 존재인 양 그들에게 자신의 주파수를 쏘았다.

6

함 회장이 정한 데드라인에 맞추기 위해 목훈 역시 프로그
래밍에 참여했다. 그러나 날이 갈수록 멸치잡이 VR 프로그램
개발은 난항이었다.

가상 회의실에 모인 사람들이 말풍선에 물음표를 띄웠다.
유저에게 다양한 선택권을 제공한다는 측면에서 단연 최고의
방법은 비행기 슈팅 게임처럼 배를 고를 수 있도록 하는 것인
데 현실적 문제 때문에 내부에서 의견이 갈리고 있었다.

"배의 종류와 크기를 달리하는 게 옵션의 기본이잖아요. 고
민하고 말고 할 문제는 아닌데요."

"현행 규정이 본선 엔진은 350마력을 넘지 않도록 제한한다

잖아요. 의뢰인도 그 부분을 콕 집어서 말했고. 아무리 시뮬레이션이라지만 어업 특성을 고려하지 않으면 안 되는 거죠."

"아니, 아닌 말로 우리가 진짜 바다를 휩쓸면서 작은 멸치까지 싹쓸이한다는 것도 아니고 그냥 체험 특성만 살리려는 건데 뭘 그렇게까지 해요?"

"그렇게 현실적인 걸 원하면 금어기에는 멸치잡이 VR도 체험하지 말아야겠네요."

목 대표는 팀원들의 원성을 듣고도 묵묵부답이었다. 전 과장이 물었다.

"클라이언트는 뭐라십니까?"

"자원 고갈을 방치하는 건 어부의 마음이 아니랍니다."

빌어먹을, 어부의 마음이라니. 치어를 싹쓸이하는 건 배를 타는 인간의 기본이 아니라는 함 회장의 거친 표현을 이렇게 순화시킬 수밖에 없었다. 선단 간 경쟁이 치열해지면서 제한 규정을 무시하고 고출력 일본산 엔진을 장착하는 세태를 침을 튀겨 가며 욕한 함 회장의 육성을 그대로 전할 수는 없었다.

"빌어먹을 선단 놈들, 검사 전에는 엔진 회전수를 조작해 뒀다가 검사 후에는 최대치까지 올려서 멸치 씨를 말리잖소! 대가리가 나쁜 놈들. 엔진 출력 높이고, 그물 키우고, 고기만 왕창 잡으면 장땡인 줄 아는 놈들 때문에 어장이 망하는 거요. 몸집 큰 대형 선단 이끈다고 뇌 용량도 클 리 없지. 불법 개조한 선단 고발하면 뭐 해! 다 월급 타 먹을 때만 빠릿빠릿하고 뒷북치는 놈들이지. 배 골조 건드리면 바다 한가운데서 배 쪼개져 뒈지는 거야. 그 정도 생각도 못 하는 대가리는 멸치 대가리요!"

목훈의 머릿속에 함 회장의 말이 맴돌았다.

"목 대표님, 그래도 가장 기본은 티어를 선택하는 건데 이걸 너무 좁혀 놓으면 상업적 가치가 없어서……."

"어탐선, 본선, 가공선, 운반선으로 나눠 놓고 본선의 크기는 건들지 맙시다."

"시뮬레이션은 해수부에서 관리하는 게 아닌데……."

"건드리지 말아야 할 게 두 가지 있어요. 하나는 물주 밥그릇, 또 하나는 그 물주의 심기. 오늘은 여기까지 하죠."

목훈이 일어나자 나머지 직원들도 자리를 정리하고 회의실에서 나왔다.

다음 미팅까지 50분, 차로 움직이기엔 빠듯한 시간이라 자료만 챙기고 윤 팀장과 함께 지하철을 탔다. 오후 4시 55분에 잡힌 미팅이 그에게 묘한 부담감을 안겼다. 그 시간은 상대가 5분 단위로 움직이는 바쁜 사람이라는 것과 그 미팅이 어려운 자리라는 뜻을 내포했다.

대학 병원 대기실임에도 좌석이 비어 있었다. 정신과의 특성상 몇 분 단위로 사람이 드나들지는 않지만 목훈은 진료실을 나오는 환자들을 유심히 살폈다. 결국 오늘 가져온 베타 테스트 프로그램의 유저는 그들이다.

4시 58분이 되자 진료실에서 환자가 나왔다. 곧바로 의사가 뒤따라 나와 그에게 인사를 건넸다.

"기다리게 해서 죄송합니다."

의례적인 인사처럼 들릴 수도 있으나 이미 그를 겪어 본 목훈은 그 말이 진심임을 알았다. 목훈과 윤 팀장은 컴퓨터를 열어 준비해 온 프로그램을 세팅했다. 의사가 헤드기어를 쓰고 가장 낮은 단계의 프로그램 세 개를 연달아 체험하는 동안 윤 팀장이 함께 시뮬레이션으로 들어가 그를 도왔다.

"어떻습니까?"

"인상적이네요."

'좋다', '나쁘다'가 아니라 확신을 갖지 못한 모호한 답이었다.

"어떤 점이 인상적이셨는지 여쭤봐도 될까요?"

"……주머니 속 쪽지 말입니다. 거기에 내가 버리고 싶은 걸 쓰고 뒷마당으로 가 장작더미 속에 던져 버리는 부분이요. 하염없이 타들어 가는 걸 묵묵히 지켜보면서 스스로 생각할 시간을 갖게 되더군요. 천천히, 한 자 한 자, 나를 괴롭히던 게 사라지는 걸 지켜보는데, 요즘 사람들이 좋아하는 '불멍'과 치유 과정을 합친 게 인상적이었습니다."

"능동적인 자가 치유가 가능하면 좋겠다고 하셔서 반영해 봤습니다."

"근데 무언가를 쓴다는 건, 누군가에게는 어려운 일이에요."

뒷말이 이어지지 않았다. 제 생각을 정리하려는 시간이 아니라, 듣는 이에게 생각을 정리하라는 시간 같았다.

"풀어 설명하자면, 정신의학에서는 언어적 이야기가 부재하는 경우에 그 트라우마를 형상화하는 데 무척 많은 시간이 걸린다고 봅니다. 풀어낸 말이 더 이상하네요. 단도직입적으로 말하자면 이 프로그램은 나이 어린 환자에게는 적용하기 어렵다는 뜻이에요. 내 트라우마를 글로 쓴다는 건 굉장히 고차원적인 해결 방법이에요. 글을 모르는 어린아이에게는 적용하기 힘들죠."

"어떻게 하면 좋을까요?"

그는 말을 아끼며 잠시 시간을 가졌다. 어쨌거나 그는 이 프로그램을 의뢰한 병원이 정한 실무자였다. 그가 오케이 사인을 해야 테스트를 거쳐 환자에게 적용할 수 있다.

"PTSD 치료뿐만 아니라 좀 더 근본적인 치료가 필요합니다."

"근본적인 치료요?"

"상담을 오랫동안 하다 보면 지금의 환자가 아니라 그 사람의 어린 시절을 맞닥뜨리는 경우가 많아요. 예를 들면 어렸을 때의 상처라든가, 고통스러운 기억이라든가. 시간을 거슬러 그 시절의 아이를 치유하는 게 더 근본적이라는 생각이 들 때가 있어요. 좀 늦었지만, 그때로 돌아가 상처받은 아이를 치유하는 거죠. 그걸 VR로 실제처럼 구현해 보는 거예요."

"어린 시절의 기억을 되살려서요?"

"되살리는 데는 한계가 있겠죠. 굳이 들출 필요가 없을 수도 있고."

"현실적으로 가장 큰 문제는, 사람마다 처한 환경이 다르고 경험도 다르다는 겁니다. VR 프로그램은 체험 소스가 한정적일 수밖에 없어 일대일로 맞추기는 힘듭니다."

"뉴스를 보다가 사진으로 배경을 구현하는 모습을 봤어요. 한 장소를 찍은 여러 각도의 사진이 있으면 해당 장소를 3D로 구현할 수 있다더군요. 전 어릴 때 살던 집 창문과 비슷한 창만 봐도 우리 집이 떠오르더라고요. 그때 쓰던 냉장고, 액자, 조그마한 소품 하나로도 그 기억을 소환하기는 쉽죠. 요즘에 사진 변형시키는 건 일도 아니잖아요."

"하지만 그렇게 해서는 그 사진에 찍힌 곳이 아닌 다른 장소는 만들 수가 없어요."

"인테리어 프로그램처럼 입맛대로 집을 변형할 수 있게끔 하는 거죠. 중요한 건 그들의 기억이니까요."

"그럼 선생님 말씀은 환자들의 과거 사진 몇 장을 가지고 해당 기억을 VR로 만들어 달라는 건가요?"

"네, 같은 상황에 동일 인물이 들어가는 거죠. 하지만 이번에는 좀 더 성숙한 어른이 되어 그때의 자신을 바라보는 겁니다. 상처받은 꼬마를 위로해 줄 다른 누군가를 데려오는 게 아니라 이미 이만큼 커서 내면이 자란 나를 보내 그때의 나를 위로해 주는 거지요."

"……."

그 시절 그 아이의 상처를 가장 농밀하게 이해하는 나를, 그것도 이미 다 자라 치유해 줄 수 있는 어른인 나를 만나게 한다는 건 의미심장한 시도였다. 목훈은 의사의 의도를 이해했다.

"지금의 나를 30년 전으로 보내 위로한다면, 「터미네이터」에서 미래의 존 코너가 어린 자신을 구하기 위해 제 아버지를 과거로 보낸 것과 비슷하겠죠."

"비유가 좋네요. 아버지를 보낼 생각까지는 못 했는데."

목훈은 생각했다. 그때로 돌아가면 지금 자신의 나이 정도인 아버지를 조우하게 되겠구나. 같은 연령대의 아버지를 만나 그 모습을 지켜본다면 아버지를 이해할 수 있으려나.

차라리 그때의 아버지를 치유하는 게 더 빠르지 않을까.

쓴웃음이 나왔다.

아버지의 불행은 예기치 못한 것이었으나 그들의 불행은 예기된 것이었다. 존 코너가 과거로 누구를 보낸들 세상은 구해도 목훈의 가족을 구원해 줄 것 같지는 않았다.

목훈은 돌아와 PTSD 치유 프로그램에 자신의 과거로 회귀하는 기능을 넣자고 제안했다. 팀원들은 의아하게 생각했으나 이유를 듣고 수긍하는 분위기였다.

또 가장 큰 공을 들이고 있는 승선 프로그램에는 어종을 선택하는 옵션을 추가하기로 했다. 부산 인근 항구에서 출발하는 여섯 척 규모의 가을 고등어잡이 선단을 추가해 멸치잡이 배를 경험할 때와는 다른 선택지를 주고자 했다. 갑판원과 통신장, 선장, 어로장까지 다양한 캐릭터도 넣을 예정이었다.

팀원들은 헤밍웨이의 소설 『노인과 바다』에서처럼 녹새치 버전까지 만들 수도 있겠다고 농담을 했지만 목훈의 생각은 다른 곳에 가 닿았다.

이 고등어잡이 승선 프로그램 체험에 가장 적합한 사람은 자신의 아버지였다. 젊은 시절 고등어잡이 배를 타며 선장까지 했던 과거를 반추할 수 있지 않을까 싶었다. 뼈만 남은 녹새치를 끌고 돌아오든 만선으로 돌아오든, 파도를 가르며 나아간 하루를 경험하면 삶의 의지를 되새기리라 생각했다.

또한 정신과 전문의가 제안한 방법으로 덮어 둔 그 시절의 상처를 치료할 사람은 바로 자신이었다. 노인이 된 지금의 아버지가 아니라 강인하고 가부장적이었던 그때의 아버지를 만나야 했다.

타인의 눈에는 엇나간 것처럼 보이지 않던 아비는 집으로 돌아오면 가면을 벗어던졌다. 이기적이고 냉혹한 본 얼굴로 가족들의 가슴에 생채기를 냈다. 그 시절 그는 집안의 모든 구성원을 제 감정의 배터리로 끌어당겨 썼다. 아버지는 채워졌지만 나머지 가족들은 늘 감정의 밑바닥에서 허덕였다. 아버지가 붙들고 있던 녹새치의 뼈 때문에 그들은 고통받았다.

아이는 필히 어른이 된다. 그러나 어른이 된다고 성숙한 인간이 되지는 않는다. 때론 미숙한 성인이 부모가 되기도 한다. 그들은 실수하고, 폭력을 행사하고, 가정을 황폐화하기도 한다. 어린 자식은 그런 부모 아래서 자란다. 어린 자식은 상처를 입은 채 어른이 된다. 그들은 스스로 성숙해지려는 애씀 없이 미숙한 어른으로 자란다. 결국, 그들 중 일부는 또 애씀 없이 부모가 된다.

이 무한 루프에서 변수는 한 사람이 스스로 깨우쳐 성숙하는 것뿐이다. 아니고자 애를 쓰는 인간만이 루프에서 벗어난다. 그 과정에서 가장 큰 고통을 인내하는 이는 누구인가. 그것은 어린 자식이지 않은가.

이해라는 건 어른들이 만들어 놓은 달콤한 허상일 뿐, 목훈은 자신이 타인을 혹은 타인이 다른 이를 이해하는 건 대단한 착각이거나 거짓이라고 생각했다. 어쩌면 이해한다는 것은 힘겹게 에베레스트 봉우리를 오르는 일이 아니라 심해의 바닥을 향해 내려가는 일인지도 모른다. 우리가 말하는 '이해'의 진짜 속뜻은 '너의 상황은 알지만 네 감정의 깊이는 모르겠다.'에 가깝다.

인간은 결코 진정한 이해에 도달할 수 없기에 그것을 향하다 결국 8부 능선쯤에서 멈춰 진실을 깨닫는다. 인간이 인간을 온전히 이해하는 일에 완주란 없으며, 페이스메이커의 운명이 그러하듯 다만 그 과정을 함께할 수 있을 뿐임을.

'나는 너를 이해한다.' 그것은 동서고금의 현인들이 물려준 오래된 거짓말일지 모른다.

7

승선 프로그램 작업을 마무리하는 동안 아버지의 지병이 악화되었고 결국 거동마저 불편해지자 요양 병원행이 결정되었다. 오랜 세월 곁을 지켜 준 배우자가 가장 필요한 순간이었으나 아버지의 곁에는 그런 존재가 없었다. 짧게 만난 인연이 있었던들 가난과 늙음 앞에선 쉬 사라지는 증기와도 같았던 모양이다. 장성한 자식은 누구도 그의 곁을 지켜 주지 않았다.

경기도 신도시에서 차로 30분 들어간 곳에 위치한 요양 병원에 내렸을 때 아버지의 첫마디는 "노인네 버리기 딱 좋은 데 지었네."였다. 맞장구를 치지는 않았으나 일리 있는 말이라 생각했다.

겹겹으로 축대를 쌓은 산비탈에 지어진 현대식 요양 병원은 차로 올라가는 데만 한참이 걸렸다. 주변에는 냉장 창고와 가구 공장만 즐비해 마을이랍시고 내려갈 곳도 없어 보였다. 짐을 옮기고 병원 내부를 확인한 뒤 두 사람은 어색하게 침대 양 끝에 앉았다. 운전하는 내내 진동음이 울렸지만 급한 전화가 아니라 받지 않았다. 또다시 걸려 온 전화는 둘째 동생이 건 것이었다.

"바쁘면 가 봐라."

"둘째한테 전화 왔는데 받으실래요?"

"무슨 염치로."

누구의 염치를 말하는지 알 수 없었다. 만약 본인을 뜻한다면 염치가 없기론 목훈에게도 마찬가지일 텐데. 누구의 염치든 그에게만은 적용되지 않는 모양이었다. 조금 화가 나기도, 어이가 없기도 했으나 늘 그렇듯 뒤를 돌아보지 않고 덤덤히 나왔다.

"쉬세요."

자신 역시 동생들과 다름없이 당신을 파렴치로 보고 있다는 걸 아버지는 알면서도 모르는 척했다. 목훈은 가끔 아버지와 자신이 서로의 앞에서 연기를 한다는 생각이 들었다. 미워하지 않는 척, 상처받지 않는 척.

주차장으로 걸어 나오니 아버지와 비슷한 처지의 노인들이 점점이 심어 놓은 앙상한 나무처럼 마당에 흩어져 있었다. 요양 병원의 뒤뜰은 가족의 짐이 되어 버린 수많은 노인들을, 한때 누군가의 아버지였고 남편이었고 어쩌면 지금도 그러할 사람들의 초라한 현실을 숨겨 주고 있었다.

목훈의 시간은 쏜살같이 흘렀고 아비의 시간은 더디 흘렀다. 요양 병원에서의 시간이 길어지면서 아버지는 조금 주눅이 들고 주변 눈치를 보는 듯했다. 잘 하지 않던 말을 건넸고, 전화가 없으면 토라졌다.

"애들 목소리가 듣고 싶다."

"자는 시간이에요."

그다지 살갑지 않던 할아버지와 대화하라고 강요하기에는 아이들이 이미 훌쩍 자라 버린 뒤였다.

"시간이 벌써 그렇게 됐나. 그래, 자는 애들 괜히 깨우지 마라."

그가 조그마한 아이들을 헤아린다는 게 영 어색하기 짝이 없었다. 아이들과 통화를 한들 그 시간 대부분은 말없이 어색한 침묵이 이어졌다.

"주말에는 시간이 어떻게 되냐? 올 수 있냐?"

"봐서요."

"……."

서운함과 괘씸함이 묻어났다.

"뭐 필요하신 것 있으세요?"

"……귀에 꽂고 음악 듣는 거, 그거나 하나 사다오."

"이어폰이요?"

"라디오 들을 때 쓰던 게 고장이 나서."

"택배로 보내 드릴게요."

"급할 거 없으니 주말에 가지고 와도 되고."

"택배가 더 빨라요."

주말에 잠깐 오가는 그 세 시간을 빼기가 어려웠다. 온 가족이 몇 달 전부터 장모님 생신에 스케줄을 맞춰 놓은 터였다. 바쁜 그들 부부를 대신해 아픈 무릎 수술을 미루면서까지 아이들을 돌봐 주셨고, 본인을 희생하며 모든 걸 맞춰 주시는 분이었다.

두 사람을 저울에 올리면 그 추가 어디로 기울지 너무나 자명함에도 목훈은 머릿속으로 시간을 뺄 수 있을지 계산하고 있었다. 누군가는 이걸 '불행해지는 습관'이라고 표현하던데 스스로를 불행하게 만드는 게 결국 자신이 만든 습관이라니. 정말 대단한 통찰력이지 않나.

의사의 충고대로 아버지를 치료한다면 그의 어린 시절로 보내야 하는 건 노인이 된 지금의 아버지일 텐데, 지금의 아버지는 어린 자신을 치유해 줄 수 있을 만큼 강인한 사람인가. 여전히 어린아이이고, 건강하게 자라지 못한 채 어른이 되어 늙어 버린 사람일 뿐인데.

그제야 과거 치유 프로그램의 맹점이 떠올랐다. 과거의 나

를 치유해야 하는 지금의 나는 그 어떤 시절보다 더 건강한 정
신이어야 한다는 것.

모든 형제가 아버지를 거부했을 때 목훈은 어머니와의 마지
막 약속 때문에 아버지의 병간호를 맡았다. 인간은 최악의 상
황에서도 선택을 해야 하니까.

대학 병원에서 요양 병원으로, 또다시 대학 병원으로, 쳇바
퀴 돌 듯 오갔다. 그때마다 목훈은 감정 없이 그의 부름에 응
했다. 검사를 위해 2박 3일 병원에 입원했을 때조차 그는 혼자
서 아버지를 지켰다. 썩 내키지 않는 울타리 역할이었다.

새벽녘 부산스럽게 잠에서 깨 불을 밝히는 것도, 가래침을
뱉는 것도, 보호자 침상에서 쪽잠을 자는 그에게는 견디기 힘
든 일이었다. 그렇게 하루를 보내자 그의 눈 밑에 퀭하게 검은
빛이 자리 잡았다. 제대로 다리를 뻗고 눕지 못해 허리가 아프
고 피곤했으나 누구와도 고통을 나눌 생각은 없었다. 자신이
돌아서면 누가 이 커다란 짐을 맡을 것인가.

그 어둠 속에서는 다른 이들의 빛이 잘 보였다. 마치 터널
속에서는 바깥의 빛이 더 강렬하게 보이는 것처럼. 그는 다른
이들의 삶을 상세히 들여다보았다. 목훈은 아버지의 식판을
들고 긴 복도를 걸을 때마다 생경한 광경을 목격했다. 반대편
여자 병실은 환자, 보호자, 문병 온 사람 할 것 없이 편안해 보
였다. 병의 고통은 있었지만 그곳엔 대화와 나눔, 천천히 쌓여

온 친밀함이 있었다.

 그러나 남자 병실은 이상하리만치 분위기가 어두웠다. 시끄러운 TV 소리와 더 요란하게 울리는 트로트 벨 소리가 날 때를 제외하면 축 늘어진 분위기였다. 또한 어찌 보면 당연하나 한편으론 이상하게도 남자 병실의 보호자는 남자가 많았다. 부인이 아니라면 목훈처럼 예외 없이 환자의 아들이었다. 다들 표정이 썩 밝지 않았고 대화가 없었으며, 수심이 깊은 서먹서먹한 얼굴이었다.

 딸이나 며느리로 보이는 사람 몇이 병실을 오가기는 했지만 곁을 지키지는 않았다. 거동이 불편한 남자 환자를 아내가 아닌 여자 보호자가 보살피는 일은 극히 드물었다. 대부분은 간병 조끼를 입은 사설 업체 간병인들이었다.

 그것이 그 노인들이 받아든 초라한 인생의 성적표였다. 누군가는 돈으로, 누군가는 사회적 지위로 사람의 지난 삶을 점칠 것이다. 그러나 그보다 더 에누리 없는 평가는 젊은 시절 그가 가족을 대한 태도일 것이라고 목훈은 생각했다. 이렇게 부메랑처럼 돌아오므로.

 목훈은 회사 일로 자리를 비우며 간병인을 두었지만 아버지는 몇 번이나 그 간병인과 싸우고 분란을 만들었다. 병실 내 아버지의 악명은 높아졌고, 목훈의 등 뒤로 몇몇 아주머니의 혀 차는 소리가 들려오곤 했다.

늦은 저녁, 사촌 형과 병원 근처 술집에서 소주 한잔을 기울였다. 고기를 먹자는 형을 말린 이유는 몸에 고기 냄새가 밴 채 병원에 가기 싫어서였다. 식사도 제대로 못 하는 아픈 아버지를 두고 고기를 먹었다는 팬한 미안함을 갖고 싶지 않아서.

그렇다고 자신이 효자의 사전적 정의에 적합한 인간인가. 스스로에 대해서도 타인에 대해서도 냉소적인 그가 그나마 속말을 나누는 사촌 형은 걱정하듯 말했다.

"너무 애쓰지 마라. 네가 작은아버지 돌보지 않아도 욕할 사람 아무도 없어. 간병인 쓰고 적당히 해."

"그 간병인한테 욕을 들었거든. 살다 살다 저런 환자 처음 본다고."

"너도 너다. 그만 내려놓으라니까."

"보고 있으면 울컥하고 올라와. 앞자리에서 밤마다 코 고는 거 싫다고 2인실로 옮겨 달라시네. 수백억 물려준 사람처럼 당당하게."

"참, 작은아버지도 너무하시네. 너 혼자 독박으로 모시는 줄 뻔히 알면서."

"돈이 있어야 부모 대접하냐고 하더라고."

"최소한의 도리도 안 한 사람이 부모야? 한창 자랄 때 나 몰라라 던져두고 이제 와서 아버지라고 나타나서 뭐 하자는 거냐고."

사촌 형은 낮은 한숨을 쉬며 목훈의 잔에 술을 채웠다.

"우리 아버지라고 뭐, 딱히 아버지 노릇 잘한 건 아니야. 엄마는 늘 아버지가 살림살이에 보태 준 거 하나 없다고 하시니까."

그 말을 하면서 그는 바닥을 보인 제 술잔에 성미 급하게 첨잔했다.

"나도 우리 애들이 이해하는 아빠는 아니야. 어차피 이해할 수 없게 설계된 거지."

"뭐가?"

"아들은 아버지의 반쪽 인생밖에 알 수 없으니까. 훈아, 네 아버지가 아버지이기 전이었던 시절 생각해 본 적 있냐? 조그마한 아이였던 시절부터 청년이었던 날들. 넌 영원히 그 시절을 모르는 거야. 그 남자가 어떻게 살아와 너를 만났는지. 너와 네 아버지가 인생의 절반만 공유하듯 네 아이도 네 인생의 절반만 공유하는 거다. 그러니까 네 자식도 결국 널 이해하지 못할 거야."

목훈은 자신이 아버지를 바라보듯 아이가 자신을 바라볼 것이라는 말에 발끈 화가 났다.

"우리 세대는 다르잖아!"

"왜 너는 예외일 거라 생각해? 역사는 되풀이되는 건데."

"악담이네."

왁자지껄한 술자리에서 호기롭게 떠드는 그에게서 눈을 거두고, 술잔을 입에 대며 목훈은 뱉어 낼 뻔한 씁쓸함을 삼켰다.

어쩌면 부러웠다. 부모에 의해 감정의 쓰레기통을 채우지 않은 채 살아온 그의 과거가. 누군가의 감정이 넘쳐흐르는 걸 본 적 없다는 뜻이고 자신이 그 쓰레기통이 되지는 않았을 테니까. 수많은 빚을 가족에게 떠안긴 뒤 30년 가까이 숨어 지내다가 이제 와서 아버지의 자리로 돌아오려는 그를 용서하는 건 너무나 힘든 일이었다. 충고란 건 어차피 자기가 본 세계에서 나오는 것. 선한 사람이라고 고통의 공감대가 넓은 것은 아니다. 그런 생각이 쓴 소주와 함께 울대를 타고 넘어갔다.

도덕적 충고를 하는 이들은 그들도 충고를 받는 이들과 같은 허점투성이 사람이라는 치명적 약점을 안고 있다. 그들의 입에서 만들어진 문장은 삶의 경험에서 나온 것이 아니라 마땅히 그러해야 한다는 율법에서 나온 것일 뿐.

도덕책에 나오는 이상적인 인간은 결국 집필진의 머리에서 만들어진, 윤리적인 프랑켄슈타인일 것이다. 여러 명의 의지로 짜깁기를 한 이상향을 만들어 두고 인간은 그 프랑켄슈타인을 닮고자 하는 것일지도 모른다. 현실에 없는 그런 괴물 같은 인간이 되고자 자신을 끝없이 몰아붙이는 것이 과연 행복인지부터 먼저 물어봐야 하지 않을까.

이해라니, 빌어먹을. 다른 이의 사정을 잘 헤아려 받아들인다는 그 단어의 사전적 정의는 인간이 결코 도달할 수 없는 유토피아라고 취중의 그는 중얼거렸다.

그래서 아버지가 가족에게 진 마음의 빚을 그는 정산받을 작정이었다. 그는 사수였고 아버지는 과녁의 자리에서 그 값을 치러야 했다. 날카롭게 쏜 말의 화살들은 한 발의 빗맞힘도 없이 아비의 가슴을 명중시켰다. 제가 쏜 비수 같은 말에 냉정한 그의 동공이 흔들릴 때마다 통쾌함을 넘어선 전율이 흘렀다. 오랜 기간 참아 왔던 울분이 터져 나왔다. 다만 그 비수가 눈앞에 선 힘없고 나약한 노인이 아닌 30년 전 제 가족을 감정의 먹이로 냉대하던 그에게 가 꽂혔다면 얼마나 좋았을까.

행여 음식 냄새가 밸까 봐 뒤집어 비닐에 씌워 둔 자신의 외투를 보며 목훈은 조소했다.

그래도 부모라고, 못난 놈.

목훈은 결국 병원으로 가지 못하고 밤늦게 집으로 돌아와 까무러치듯 잠이 들었다. 새벽녘에 돌아온 또렷한 정신이 지친 몸을 흔들어 깨웠다. 21층 아파트에서 바라본 새벽의 풍경은 괴괴한 달빛뿐이었다. 달이 가깝고 땅이 아득히 멀게 느껴지는 시간 속에서 그는 잠시 현실 세계를 벗어나 VR 속에 들어온 듯한 착각에 빠졌다.

여름이 지나고 가을이 될 무렵, 아버지는 세 번째 장기 요양 전문 병원으로 옮겨 갔다. 어느 때는 간호사와, 어느 때는 원무과 과장과, 또 어느 때는 병원장과 문제를 일으켜 옮기면서도 매번 다른 사람들이 잘못했다고, 단 한 번도 본인의 잘못은 없었다고, 당당히 언성을 높였다. 모두 저들의 잘못이다, 저 인간들 탓이다. 아버지의 레퍼토리는 한결같았다.

남산 위의 소나무도 아니련만 항시 철갑을 두른 듯 아버지는 뻔뻔했다. 매달 이체되는 용돈이 조금이라도 늦으면 목훈이 아닌 그의 아내에게 전화해 부모를 섬기는 도리에 대해 일장 훈계를 늘어놓았다. 차마 입 밖에 꺼내기도 민망하게.

그 소식을 전해 듣고 목훈은 대답했다.

"그것 봐, 내가 우리 아버지 이해 못 할 거라고 했지?"

미안함에 오히려 그녀를 나무랐다. 뻔뻔함은 아버지로부터 물려받은 DNA였나.

목훈은 연애, 그 말랑한 걸 하던 시절부터 늘 그런 식으로 방어 막을 만들었다. 사랑이란 2년 반 동안 뇌의 미상핵 부분이 활성화되며 도파민이 분비되는 거라고 코웃음을 쳤다. 자신보다 먼저 그녀의 도파민이 바닥나지는 않을까 두려웠으리라.

사랑은 온전히 누군가를 마음에 담고 있다는 찰나의 환상이라고 외치자 그의 연인은 "우리가 헤어지더라도 네 가시는 모조리 뽑아 놓고 갈 거야. 그럼 다음 여자 친구가 덜 상처받겠지."라며 그를 사람으로 돌려놓겠노라 오기를 부렸다. 상처투성이 못난이를 사람으로 만들겠다고.

그의 가시를 뽑기 위해 고군분투했던 그의 마지막 여자 친구는 자연스레 그의 아내가 되었다. 끝내 그의 뾰족한 가시를 뽑지 못했음을 자책하며 그를 그대로 껴안았다.

아이러니하게도 그를 선택한 가장 큰 이유가 가지런한 치아 때문이었다는 아내의 말에 목훈은 들고 있던 밥숟가락을 내려 놓을 만큼 어이가 없었다.

"엄마가 어려서부터 그랬어. 남자는 치아랑 턱을 보라고. 잘 관리되고 가지런한 치아는 키워 준 부모 복이고, 튼튼한 하관 은 말년 복이라나."

치아는 가지런할망정 살뜰히 돌봐 주었어야 할 부모 자리가 비어 있었음을 알면서 하는 말이기에 장난이란 생각이 들었다.

"나한테는 틀린 말이잖아."

"당신 복 많아. 아무리 관리 잘해도 치아가 엉망이면 수백, 수천이 깨지는데 치과 한 번 갈 일 없는 가지런한 치아를 물려 받은 것도 복이라고, DNA 잘 물려받은 축복이라고 하더라."

엉망이 된 말년의 치아는 자식 복에 기대는 것인가. 목훈은 씁쓸한 생각이 들었다. 아내는 피식 웃음을 흘리며 그의 앞에 갈비 접시를 밀어 주었다. 튼튼한 치아로 잘 뜯어 먹으라고.

그를 품어 줄 만큼 넉넉했던 그의 아내는 결혼하고 햇수가 지날 때마다 몸피를 키우고 둥그레졌다. 아이를 낳고, 키우고, 또 낳으며 제 넉넉한 품에 아이들을 안아 사랑으로 키워 냈다. 잘 먹이고 잘 키운 아이들은 뽀얗게 속살이 들어차 귀여움을 받았다. 아이들은 상처에서 향기가 나는 모과가 아니라 있는 대로 달큼한 향내를 풍기는 과일 바구니 같았다. 그는 햇살같 이 밝은 아내의 천성이 탯줄로 내려가길 기도했었다.

괜한 변명으로 미안함을 대신했음에도 아내는 그의 선별적인 기억력에 담긴 쩨쩨하고 치사한 속마음을 모르는 척 곰곰이 생각하더니 말했다.

"아버님한테 체크 카드를 만들어 드려. 매달 자동 이체 되면 한도 내에서 자유롭게 쓰실 수 있게."

"카드 파면 다음엔 한도 늘려 달라고 할 사람이야."

"그럼 매달 자동 이체라도 걸어 두던가. 희한해, 당신같이 철저한 사람이 그런 날을 잊고."

목훈은 그쯤에서 입을 닫았다. 아내가 그 이유를 모르는 쪽이 나았다.

그를 돈이 나오는 구멍쯤으로 여기지 않도록, 매달 인출할 수 있는 ATM이 되지 않게 목훈은 일부러 날짜를 어겼다. 아쉬운 쪽에서 연락이 올 때까지 모른 척 기다렸다. 그 전화가 애먼 아내에게 갈지라도 그는 아버지에게 꼬박꼬박 돈을 넣어 주는 돈 구멍이 되고 싶지 않았다. 고마워하지는 않더라도 아쉬운 소리를 해야 하는 입장이라는 걸 잊지 않도록.

애증, 그 단어만큼 지금 자신의 마음을 명확히 짚어 내는 단어가 있을까. 절절한 마음과 그만큼 절절한 미움이 한 덩어리였다. 예정된 날짜를 나흘 넘겨 입금하자 아버지의 볼멘소리는 유예되었다.

그리고 며칠 뒤 세 번째 요양 병원에서 전화가 왔다. 또 어떤 문제를 일으켜 쫓겨나게 되나 생각할 필요도 없이 아버지의 주장은 이번에도 한결같았다.

'나는 병자다. 비싼 돈 내고 병원 놈들 비위 맞춰 주고 있어야 하냐!'

잘 지내시라 다독이고 전화를 끊으면 며칠 뒤 다시 병원에서 연락이 오길 여러 차례, 처음엔 단순히 치료를 거부한다고 말하던 병원 관계자도 일이 되풀이되자 이내 속내를 드러냈다.

"저희도 힘들어요, 보호자님. 실손 보험이 없으셔서 그래도 많이 봐 드린 건데 그래도 수액 정도는 맞아 주셔야죠. 다른 환자분들도 계시는데 아버님 혼자만 추가 치료를 거부하시면 분위기도 나빠지고요."

정부 보조금이 나오는 치료나 비급여 고가 치료를 강요하면서 말을 듣지 않으면 아버지를 이상한 사람이라고 몰아간 것이다. 병원 관계자와 싸우며 목훈도 서서히 지쳐 갔다. 돈은 자신이 내는데 왜 돈 걱정을 하느냐는 질문에 아버지는 아무 말도 하지 않았다. 아들을 위해서인지, 부당함과 타협하지 못해서인지 알고 싶지 않았다. 어쨌든 그 모든 힘든 결과는 계속 목훈이 떠안았으니까.

가을에서 겨울로 넘어가는 문턱에서 아버지는 뭉텅 힘이 빠졌다. 우수수 이파리를 떨어뜨리는 나무처럼 쇠잔해지자 병원 측의 연락도 뜸해졌다. 소란을 피울 힘이 줄자 오히려 안도감이 들었다.

집에서 가장 먼 네 번째 요양 병원으로 가던 날, 첫눈이 진눈깨비로 내렸다. 눈이 오면 길이 얼까 걱정하는데 이상하게도 다른 말이 새어 나갔다.

"……첫눈이네."

그의 혼잣말에 아버지가 답했다.

"눈 반, 비 반이라 땅에 닿기도 전에 녹을 거다. 첫눈은 아니다."

"눈에 보이면 첫눈이지, 녹으면 아닌가."

"땅에 쌓여야 첫눈인 법이다. 세상을 흰색으로 덮을 정도가 되면 쳐줘야지. 이놈 저놈 다 맞다 하면 말린 시래기에 붙은 서리도 첫눈이다, 이놈아."

피식 웃음이 새어 나왔다. 지나고 보니 그때가 아버지와 그가 마지막으로 함께 웃었던 순간이었다.

그 눈이 오고 본격적인 겨울에 들어서며 아버지는 화톳불처럼 사위었다. 말로는 새로 간 요양 병원 밥이 입에 잘 맞는다 하면서도 앙상한 가지만 남은 겨울 나목처럼 몸피가 줄고 피부가 쪼그라들었다. 수분이 증발해 거칠어진 살갗은 거무튀튀한 검버섯으로 뒤덮였다.

아주 가끔 정기 검진을 위해 대학 병원에 입원한 날이면 목훈 역시 아껴 둔 연차를 써야 했다. 뒤에서 휠체어를 밀며 무게가 날이 갈수록 가벼워지고 있음을 목훈은 알았다. 아버지는 모래시계처럼 매일 자신의 시간을 조금씩 아래로 흘려보내고 있었다.

다른 환자에게 역정도 내지 않고, 혼자 숨겨 두고 먹던 과일에 대한 식탐도 사라진 아버지의 온순한 모습은 너무나 낯설었다. 분노와 식욕이 생기였음을, 그마저도 사라지고야 깨달았다. 환자복을 한 사이즈 줄여도 허리가 남아돌게 된 아버지가 물었다.

"……논산이 예서 머냐?"

훅 치고 들어온 뜬금없는 말이라 대답이 떠오르지 않았다.

"왜요?"

"봄이 되면 논산에서 하는 딸기 축제에 가 볼까 해서."

"딸기 사다 드려요?"

"아니, 지금 말고 봄에. 봄 딸기 말이다. 누가 그러데. 거기 갔더니 온 동네에 딸기 냄새가 둥둥 떠다니더라고. 너도 어렸을 때 네 엄마 닮아서 딸기 참 좋아했는데."

미심쩍은 이유였으나 그는 고개를 끄덕였다. 인터넷으로 검색해 보니 딸기 축제는 2월 말이었고 남은 석 달은 너무 멀게만 느껴졌다. 아버지가 원한 것은 딸기가 아니라 봄일지도 모르겠다고, 문득 이상한 예감이 들었다. 아버지의 다음 봄은 절대 다다르지 못할 먼 수평선일지도 모를 일.

없는 세상을 만드는 것은 목훈의 특기였다. 어차피 보호자로 병상을 지키는 그의 밤은 길었고 시간은 충분했다. 아버지가 잠든 걸 확인하면 복도에 있는 휴게실로 가 프로그램을 만들었다. 다른 프로그램의 기본 구조에서 세부 내용을 바꾸면 딸기 밭이 펼쳐진 봄 들판을 구현하는 것이 어렵지 않았다.

급한 대로 집에서 쓰던 헤드기어와 컨트롤러를 가져와 그 손에 딸기를 올려 주는 것만으로도 아버지는 자신이 갈 수 없는 봄의 딸기밭을 경험해 볼 수 있었다. 온풍기가 퍼뜨린 딸기 향이 차가운 병실 곳곳을 데웠다. 아버지는 놀란 듯 몇 번이고 헤드기어를 썼다 벗었다 하며 딸기밭을 둘러보았다.

"어때요?"

"신기하네. 진짜 딸기밭에 온 것 같다."

"다른 데도 갈 수 있어요. 손에서 나오는 선 따라서 설정 몇 개 바꾸면 영화관도 갈 수 있고, 바다도 갈 수 있고."

"……그러냐."

옵션 바꾸는 법을 익힌 아버지는 호주의 시드니, 브라질의 리우데자네이루, 이탈리아의 나폴리로 발걸음을 옮겼다. 세계 3대 미항이든 아니든 아버지는 세상을 처음 보는 아이처럼 신기해했다. 병원 생활을 시작한 지 수개월째였으므로 갑갑한 병실을 벗어난다는 사실만으로 즐거운 듯했다.

"고등어잡이? 이건 뭐냐?"

"아, 아무것도 아니에요. 그냥 테스트하느라 집어넣은 건데 좀 험악한 프로그램이에요."

"그런 걸 왜 만들었는데?"

"좋아하는 사람들이 있어요. 극한 체험 뭐 그런 거. 시뮬레이션이 좀 멀미도 나고 사실적이라 힘들어요. 어차피 보안이 걸려 있어서 들어가시지도 못할 거고."

아버지는 그의 이야기를 듣는 둥 마는 둥 연신 손을 뻗으며 다른 곳으로 나아가고 있었다. 목훈이 병원에 갈 때마다 헤드기어와 컨트롤러는 늘 충전 중이었다.

병실에서의 시간이 무료하지 않겠구나. 목훈은 아버지가 아닌 자신을 위안했다.

그렇게 해가 바뀌고 1월 초, 그의 예상은 현실이 되었다. VR 프로그램 덕에 아버지는 병원에서 한결 여유를 찾고, 마지막 겨울을 따뜻하게 보낼 수 있었다. 그리고 다음 계절이 오기 전에 먼 길을 떠났다.

존재의 부재는 열려 있던 문이 닫히는 걸 보는 것과 같았다. 육중한 문이 쿵 소리를 내며 닫히고 눈앞의 길이 사라졌다. '아, 우리 사이에 문이 있었지.' 깨닫고 난 뒤에야 먹먹함이 시린 공기처럼 그의 가슴을 얼렸다.

망연자실한 목훈은 자신을 좀먹는 후회란 감정을 이해할 수 없었다. 그는 자신이 해야 할 이상을 했다고 생각했다. 아픈 아버지를 자식 된 도리가 아니라 사람 된 도리로 떠안았고, 그 비싼 치과 치료에도 토를 달지 않았다. 감정 없이 돈으로 대신하는 거라 생각하며 아무것도 바라지 말자, 다짐했는데.

'좀 살가울 수 있지 않았을까. 좀 덜 미워할 수 있지 않았을
까.'

그런데도 후회가 된다니. 미칠 노릇이었다.

아버지의 죽음 후에는 더 이해할 수 없는 일들이 그를 찾아
왔다. 요양 병원의 유품을 정리하는 중에 그의 앞으로 남겨진
통장을 발견했다. 어처구니없게도 자신의 통장과 비밀번호가
같았다.

'3701'

어렸을 때 20년 동안 썼던 집 전화번호의 뒷자리였다. 외우
기도 어렵고 키패드 누르기도 어려워 아무짝에도 쓸모없는 번
호라고 생각했다. 그들을 껌처럼 들러붙게 했던 20년이나 지
난 숫자였다.

이어서 10여 년 전쯤 찍었을 아버지의 영정 사진이 서류 봉
투에 담겨 있는 걸 본 순간, 그렇게 오래전부터 죽음을 준비해
뒀다는 사실이 그의 뒤통수를 크게 치는 느낌이었다. 유서처
럼 남긴 쪽지에는 몇 문장이 없었다. 통장 비밀번호와 전화번
호 하나가 전부였다.

이 번호로만 연락해라.
장례식장이랑 발인 날짜만 알려 주면
이 사람이 다 알아서 할 거다.

그 말이 끝이었다.

어차피 아버지 휴대 전화에 저장된 이름을 봐도 목훈은 누구인지 알지 못했고 친인척에게는 사촌 형이 이미 전화를 돌리고 있었다. 자식의 결혼식은 부모의 잔치이고 부모의 장례식은 자식의 행사이니, 두 남녀가 결혼할 때 많은 부분이 부모에 의해 결정되듯 부모 장례식의 많은 부분이 자녀에 의해 결정되는 것 또한 인생에 미리 설계된 바일지 모른다.

결국 아버지의 휴대 전화에 저장된 번호 중 딱 그 번호에만 부고를 알리기로 했다. 아버지의 전화로 번호를 누르자 신호가 가고 얼마 후 상대방의 목소리가 들려왔다.

"네, 목 선수."

"죄송합니다, 저는 아들이고 아버지 대신 전화를 드렸습니다."

"……."

그의 침묵은 아버지가 이 사람을 고른 이유를 알려 주는 듯했다. 많은 얘기를 하지 않아도 필요한 말을 알아듣는 영민한 사람이란 그물을 던져도 건질 수 없는 존재다.

"……가셨습니까?"

"네, 오늘 새벽에 소천하셨습니다. 아버지가 이 번호로만 연락하면 될 거라고 하셔서."

"……그러셨군요. 아들이 전화하면 그리 알라 하셨습니다."

"어떻게 아시는 사이인지 여쭤봐도 될까요?"

"목 선수는 예전에 배를 같이 탄 인연으로 형님, 동생 하며 지내 왔습니다. 나머지 연락은 제가 알아서 하지요."

"발인 날짜는 문자로 넣어 드리겠습니다. 그런데 장례식장이 서울 쪽이라……."

"서울이면 어떻고 제주도면 어떻습니까? 상주님 계신 데로 가야지요."

그에겐 구구절절 설명이 필요 없었다.

문자를 보내고 반나절이 훌쩍 지나갔다. 한 사람의 죽음은 남겨진 사람에게 슬픔과 절차를 남긴다. 슬픔에 매몰되지 않도록 이토록 많은 과업이 주어지나 싶을 정도로. 병원에서 장례식장으로 장소를 옮기고, 얼마 안 가 아버지의 수많은 인연이 장례식장을 찾아왔다.

아들인 목훈이 모르던 세계였다. 아버지를 찾아온 인연들은 단 한 번도 형체를 내보이지 않던 아버지의 남겨진 통장처럼 황망하고 낯설었다. 이 많은 돈을 두고 그렇게도 자신의 지갑을 털어 가셨던가. 이런 돈을 쌓아 두고 찌그러진 창문 틈으로 우풍이 불어닥치는 집에서 그리 꾀죄죄한 삶을 살았나.

모든 것이 의아했고, 이해되지 않았다. 가족들과 담을 쌓고 세상과 단절된 채 살아온 그에게 많은 인연이 남아 있을 거라 생각하지 못했기에.

아버지의 친구라고 찾아온 이들은 목훈이 생전 보지도 못했던 배를 타던 동료들이었고, 개중에는 멀리서 소식을 듣고 물어물어 찾아왔다는, 20년간 생사도 몰랐다는 지인도 있었다. 그 나이 사람들에게 누군가의 죽음은 그 덕에 살아 있는 자들이 모일 수 있는 반쪽짜리 축제였다. 서로 안부를 묻고, 고인을 안타까워하고, 오랜만에 거나하게 술을 마실 수 있는.

퍼석하게 메마른 모래사장까지 올라온 바다의 소식으로 그들은 오랜만에 바닷물에 잠기고, 짠 내를 느끼고, 잠시나마 바닷속 일부가 되었다. 뱃사람의 죽음은 뭍에서 말라 가는 그들을 바다로 돌려보내는 일종의 축제처럼 보였다. 그들의 숫자는 만남마다 매번 한 명씩 줄겠지만.

저녁 무렵엔 어떻게 알았는지 박 원장을 통해 함 회장의 조의금이 건너왔다. 비지니스맨이라는 그가 회사 사정뿐만 아니라 목훈의 개인사까지 꿰고 있었던 모양이다. 어디까지 손길이 닿아 있는 사람인가, 좀체 가늠되지 않았다.

함 회장이 자신의 아버지와 다른 인연이 있었을지도 모른다는 생각은 발인 하루 전날 장례식장을 찾아온 뜻밖의 인물 때문에 싹텄다. 그들은 일전에 대변항에서 배를 태워 준 김 선장과 갑판장이었다. 너무나 의외의 방문이라 선뜻 말이 나오지 않았다. 그들은 목훈이 아닌 아버지를 찾아온 것이었다. 밤이 깊어 손님이 없었고 목훈은 자연스레 그와 술을 주고받으며 옛이야기를 했다.

"성이 하도 특이해가 혹시나 했는데 아버지 이름 쓰는 거 보고 알았심더. 눈매도 많이 닮았심더."

눈매는 DNA의 힘보다 함께 웃고 산 시간의 힘이라 생각했다. 조금 아래로 처진 선한 눈의 친구와 그 엄마를 보았을 때, 목훈은 두 사람이 함께 웃고 살아온 세월을 가늠할 수 있었다. 인상이 메마르고 팍팍한 아버지와 자신이 닮았다면 자신 역시 그리 살았을 텐데.

"……언제 아셨던 사이세요?"

"한 30년 다 돼 가지요. 내가 목 선수 배를 탔다 아닝교."

"다들 목 선수라고 하시더라고요."

"어로장을 물 선수라고도 불렀심더. 요새도 그리 부르고. 우리야 목 선수, 목 선수 했는데 그기 아직도 입에 착 붙어가."

"그때 왜 말씀 안 하셨어요?"

"인연도 참 이런 인연이 다 있네 싶었지요. 마음 같아서는 어탐 한번 시켜 보고 싶어지데요. 아버지 피를 받았나, 안 받았나."

목훈은 남은 술잔을 비우고 김 선장의 잔과 자신의 것을 채웠다.

"몰랐습니다."

"말 안 했을 거 같았심더. 다 잊고 살았으니 배 근처는 얼씬도 안 했겠제. 그케도 어로장을 했다는 건 억수로 대단한 겁니대이. 배 오래 탔다고 아무나 시켜 주는 자리가 아닌 기라. 힘들기도 억수로 힘들어가 어로장 한번 하고 나면 목숨 줄이 줄아 뻰다는 말이 있을 정도인 기라."

아버지가 배를 탄 건 알고 있었지만 어로장을 지냈다는 것은 처음 알았다. 뱃사람 중 최고 지위라는 어로장은 경력과 실력에 따라 억대 연봉을 받는 기능직이라고 했다. 김 선장에 따르면 아버지는 기관장과 선장을 거쳐 어로장의 위치에 잠깐 올랐다가 배에서 내린 뒤 소식이 끊겼다고 했다.

물론 어군 탐지기 같은 첨단 장비가 물고기 떼의 위치를 짚는 데 도움을 주기도 하지만 예전이나 지금이나 모든 것은 결국 날씨, 그리고 바다에서 보낸 시간이 만든 어로장의 직관력에 의해 결정된다. 어로장의 판단에 따라 함께 출항한 선단 식구들의 생계가 좌지우지된다.

"감이 억수로 좋았다 아입니까. 날이 궂어도, 다른 선단이 빈 배로 돌아와도, 목 선수 배는 기가 막히게 물고기를 태웠거든. 1년도 안 된 풋내기가 수십 년 된 물 선수를 이길 정도였으니 말 다 했지."

"저는 왜 어로장이셨던 걸 몰랐을까요?"

"……그 성격에 얘기 안 했겠제. 한 해를 못 넘기고 내려왔으니 말할 처지도 아니었을 끼고."

끝이 좋지 않았다는 느낌이 왔다.

"그 사고가…… 아버지 때문이었나요?"

그는 쓸쓸하게 미소를 지으며 술잔을 기울였다.

"……누구 잘못이랄 수가 있겠습니까? 딱 한 번이었는데 그게 목 선수 성격에 용서가 안 된 모양인 기라. 고마 사고가 날

라카이 그래 나 삣는 기라. 배가 뒤집어져 뿌가 여럿 죽었지요. 억수로 운이 안 좋았던 겁니다. 그물에 전어가 걸리는 것도 전어 맘이고, 그 전어를 올리자고 했던 선원들도 그 무게를 몰랐을 끼고. 전어가 그물 안에서 죽으면 돌댕이가 되는데, 나중에 끊어 낼라카니 제때 끊어지나."

그 사고 이후 아비의 삶은 목훈이 더 잘 알았다. 그는 더 이상 배를 타지 않은 채 육지에서 폐인으로 살았고 가족들의 삶은 피폐해졌다. 어린 목훈은 아버지를 이해하지 못했다. 기억 속의 아버지는 늘 술을 마셨고, 집 안 물건을 깨부쉈고, 무언가에 화가 나 있었다. 말없이 모든 감정을 울화로 표출하는 아버지는 언제나 두려움의 대상이었다.

그래서 문을 여는 소리, 신발을 벗는 소리 등으로 아버지의 심기를 가늠했다. 철이 들기 전 눈치로 사람을 읽는다는 건 가혹한 일이다. 목훈은 일찍 철이 들었고 제 안의 무언가를 말로 표현하는 게 힘들었다.

옆에서 묵묵히 빈 잔을 채워 주던 갑판장은 김 선장의 아들이었다. 김 선장은 물끄러미 영정 사진을 보다 잔을 닦아 아들에게 내밀며 말했다.

"대승아, 가서 한잔 올리고 온나."

갑판장은 잔과 술병을 들고 영정 앞으로 나가 술을 올렸다. 그가 자리를 비운 사이, 김 선장은 가슴에 깊이 품었던 봉투 하나를 내밀었다.

"뭡니까?"

"빚진 돈입니더."

"예?"

"목 선수가 빌려 줬던 돈이니 받으소."

"이걸 왜……."

"갚지 말라 캤는데, 그때는 갚을 길이 없었고 지나고 나니 사람을 찾을 수가 없어서 못 갚았심더."

"오랜만에 찾아와서 돈부터 내미니 빌려 달란 소리만큼이나 무섭네요. 받으실 생각이면 받으셨겠죠. 넣어 두세요."

그는 소리 없이 웃었다.

"아버지캉 똑같은 소리를 하네요."

"……만나셨군요."

"택배 보내려고 받은 주소캉 전화번호 보고 연락했심더. 반 갑다고 술 한잔 했지요. 목 대표 얘기도 하고, 옛날 얘기도 하고, 인연은 인연인가 보다 그랬는데 돈 봉투는 갖고 가라 하데요. 살면서 느그 아들 살린 게 인생에서 제일 잘 쓴 돈이라고. ……저놈 수술비였심더. 심장 수술비를 못 구해가 발을 동동 구르고 다녔는데 우째 들었는지 병원까지 찾아와서 주고 가가 아도 살고 나도 살고."

갑판장은 영정 밑에 앉아 자리로 돌아오지 않았다. 자리를 피해 준 모양이다. 본인의 이야기니 누구보다 전후 사정은 잘 알고 있을 테고 자신을 살려 준 어로장의 장례식에 직접 왔으니 그 또한 여러 가지 생각이 들었을지 모른다. 목훈이 그 물선수의 아들이었다는 사실을 알았을 때 김 선장은 어떤 마음이었을까. 그 아들을 태운 만선이 기뻤을까.

"혹시…… 함 회장님도 저희 아버지를 아시나요?"

"알다 뿐입니꺼. 뒤집힌 배 선주였다 아입니꺼. 그 날씨에 배를 바다로 내보낸……. 그때야 선단도 작고 피라미 같은 배들이 피 튀기 가면서 몸집 키우던 시절이라 목 선수랑 함 회장이랑 많이 부딪쳤지요. 선원들 보상금 반 토막 난 거 두고도 억수로 싸웠지요. 이제 와 말해 봤자 뭐 합니꺼. 함 회장도 나중에 억수로 후회했다 아입니꺼. 술 한잔 받으이소."

그의 잔을 받는데 이상한 감정이 스멀거렸다.

"만날 수만 있었으면 얘기해 줬을 겁니대이. 그날 일은 목 선수 탓이 아니라꼬."

아버지가 그 이후 30년 넘게 모든 일을 남 탓으로 돌렸다는 말은 굳이 덧붙이지 않았다. 목훈은 끝내 돈을 거절했다. 당사자인 아비가 거절한 돈이니 딱히 받을 이유가 없었다. 김 선장은 그런 행동조차 아버지를 닮았다고 말하고 떠났지만 목훈의 이유는 전혀 달랐다. 그 돈은 아비의 돈이었고, 살아 있는 동안 아비 돈은 10원도 받을 생각이 없었다. 그가 아비의 외피를 입고 그 일생을 다시 산다고 해도, 그를 이해할 수 없는 인생인 채로 남길 바라며.

조금 모질게 말하자면, 아버지에게는 다른 선택지가 있었으나 그가 그 선택지를 거부했다는 걸 알고 있기 때문이다. 그 선택지가 냉혹하게 자신의 현실을 들여다보고 제 몸을 갈아 넣어야 하는 답안이었기에.

아비가 짊어져야 할 인생의 바위를 피한 순간, 그 모든 무게는 고스란히 자식들에게로 굴러왔다. 그는 어린 동생들을 대신해 아르바이트를 했고, 그 얼마 되지 않는 돈으로 동생들의 등록금부터 냈다. 몸이 크면서 마음의 상처가 작아졌고, 그는 제 슬픔을 덮어 두며 아비를 신랄하게 비판하는 쪽을 택했다.

장례식장이 엉덩이가 무거운 뱃사람들로 가득 찼다. 넉넉하게 주문했던 소주와 맥주가 바닥났다. 이모들은 뱃사람들이 오니 장례식장 술이 거덜 난다고 걱정 아닌 걱정을 했다. 발인을 앞두고 술을 얼마나 더 주문해야 할지 옥신각신 입씨름이 벌어졌다.

"밥은 모자라도 술은 모자라게 하지 말라셨어요."

"누가?"

"아버지가요."

"하이고, 별말을 다 하고 가셨네. 훈아, 네가 알아서 넣어라."

목훈은 자리를 메운 뱃사람들을 둘러보았다. 오늘 오후에 입항하는 배가 하나 더 있다던 김 선장의 말이 있었고 목훈은 그들을 기다리고 싶었다. 배에 올라 넉넉한 인심으로 멸치 회를 얻어먹은 부채가 남아 있었다. 문상객은 새벽까지 이어졌다. 추가로 주문한 술 궤짝은 말끔히 비워졌다.

발인 날 새벽이 되자 잠이 깨기도 전에 장례 지도사가 그를 찾았다. 부스스한 얼굴로 마른세수를 하며 장례 지도사가 내민 서류를 읽어 보고 사인을 한 뒤 제사를 지냈다. 쫓기듯 절차를 치르고 아침 7시가 되기도 전에 화장장으로 향했다.

상주의 자리는 운전석 옆, 앞이 트인 제일 좋은 자리였다. 문득, 죽음은 두루 찾아오는데 장례식장과 화장장은 외진 곳에만 있다는 생각이 들었다. 마치 그 죽음이 살아 있는 사람의 삶과 아무런 관계가 없는 것처럼. 며칠만 덜어 내고 나면 아무 일 없듯 일상으로 돌아가야 한다고 선을 긋기라도 하듯 그렇게 멀리에.

날이 좋은지 운구 행렬이 이어졌고 화장을 하는 데도 번호표를 받았다. 열두 번째, 아버지의 화장 순서였다. 저승 가시는 길이 아침 출근길처럼 붐빈다는 작은아버지의 말이 딱 맞는 표현일 듯했다.

커피를 마시고 서류를 작성하고 몇 시간을 더 기다린 후에야 아버지의 이름이 불렸다. 아버지의 관은 그제야 버스에서 내려와 화장장으로 이동했다. 빨간 선은 고인이, 파란 선은 그를 따르는 가족들이 가는 길이었다. 살아 있는 자와 죽은 자가 갈림길에서 나뉘고 관은 화구 안으로 이동했다.

화장이 시작되고 두 시간이 지나자 수골실의 유리창 너머 장막이 걷히더니 철판 위에 놓인 유골이 보였다. 아버지였던,

다 타 버리고 남은 뼈를 보자 슬픔인지 충격인지 모를 감정이 솟구쳐 올랐다. 직원이 유골을 수습해 기계에 넣으니 곱게 빻은 가루가 되어 나왔다. 복잡다단했던 한 사람의 인생이 조그만 유골함 안에 담겼다. 한 줌이 되어 납골함에 담긴 아버지를 들고 선산으로 향하는 내내 정신이 없었다. 몸이 바쁘지 않아야 슬퍼할 겨를도 있는 것이었다.

장지로 가는 버스 안에서 친척 어르신들 사이에 옥신각신 의견 다툼이 일었다. 화장까지 한 마당에 군이 유골을 선산에 묻어야 하느냐, 봉안당에 모시고 자주 찾아뵙는 게 효도다, 그 먼 산까지 누가 올라가냐, 선산에 가더라도 지금은 땅이 얼어 굴착기를 불러야 한다, 여러 말들이 오갔다.

잠자코 듣던 작은아버지가 말했다.

"……지난가을에 흙을 파 덮어 뒀으니 괜찮을 겁니다."

"뭘 파?"

"형이 관 내려갈 자리를 미리 파 뒀다고. 겨울에 땅이 얼 거라면서."

"그 아픈 사람이 무슨 힘으로 땅을 팠대?"

"내가 팠지, 형님이 시켜서. 자기가 겨울은 못 넘길 것 같다 하데요."

그 말의 의미가 조금씩 배어들자 사람들은 숙연해졌다. 늘 민폐를 끼치던 인생이 아닌가. 왜 마지막 순간에서야 살아온 인생을 뒤집고 갔을까. 당신 무덤 자리를 파 둔 아버지의 마음을 목훈은 끝내 이해하기 어려웠다.

수은주가 가장 낮게 내려간 1월의 어느 아침, 선산으로 유골함 하나가 올라갔다. 좋은 봉안당 놔두고 애들 찾아오기 힘들게 굳이 이 험한 곳에 묻힌다고, 살아서도 죽어서도 애들 생각은 안 한다고, 평소 아버지를 탐탁지 않아 했던 외숙모의 말이 그의 귀에 들렸다. 방수포로 덮여 있던 구멍을 확인하고 살짝 언 흙을 잘게 다졌다. 그 큰 구멍에 작은 유골함 하나가 하릴없이 내려갔다.

인생 최대 채무자의 하관식이었다. 그의 통장을 거덜 내고 가장 많은 상처를 준 남자의 몸이 땅으로 내려가는 모습을 본 순간, 마음의 빗장 하나가 툭 아래로 풀렸다.

목훈은 얼마 전 치과에서 받은 아버지의 부분 틀니를 삼베 보자기에 싼 뒤 구덩이로 내려보냈다. 그 고생을 하며 다닌 치과 치료가 끝나기도 전에 떠나는 바람에 정작 고생해 만든 틀니는 단 한 번도 써 보지 못했다. 아버지의 인생은 겨우 염증만 걷어 내고 뻥 뚫린 그 안을 대신할 것들을 채우지 못한 채 끝이 났다.

틀니를 만들기 위해 많은 수고로움을 겪었으나 그 시간도, 노력도 물거품이 되어 치과 의사가 보증한 10년보다 더 짧은 세월을 살다 흙으로 돌아갔다. 돌아간들 천년이 흘러도 그 보철은 썩지 않을 테지만. 단 며칠 껴 보았다 한들 후회가 덜 하지는 않았으리라. 어차피 무얼 했대도 후회로 점철된 삶이었으니.

그날, 장례 용품을 업체에 반품하고 조의금을 계산하던 자리에서 술에 취한 작은아버지가 그를 붙잡고 하소연했다.

"훈아, 넌 알아야지. 네 아버지가 산에 묻힌 이유는 헤아릴 줄 알아야지."

"……."

"형님이 그러시데. 봉안당 그거 기한이 언제까지냐고. 보통은 15년 정도고 계약이 끝나면 또 연장합니다, 그랬더니 '한 서너 번 연장하면 훈이 아들이 받겠네. 때마다 번거롭게.'라고 하시더라."

목훈은 작은아버지의 붉은 눈을 돌아보았다.

"땅에 묻히면 그래도 평생 가잖아. 봉분 낮게 덮으라고 하시더라. 깎이면 너희가 찾아갈 일도 없어질 테니. 훈아, 너희 아버지가 떠나며 하나는 주고 가셨으니까, 살아서는 짐이었어도 죽어서는 짐이 안 되었으니까, 그만하면 용서해 줘라."

그 말 한마디가 마법처럼 그의 미움을 앗아가 주지는 못했다. 차라리 그랬으면, 작은 아버지의 말처럼 끝났으니 해피 엔딩이라고 우길 수라도 있었으면 마음이 이리 착잡할까.

작은아버지가 주머니에서 휴대 전화를 꺼내 그에게 내밀며 말했다.

"주소 좀 찍어 봐라."

"네?"

"택배 받을 주소 말이다."

"뭘 보내시려고……."

"요새 통 잠을 못 잤다며."

"약 처방받았어요."

"약 보내려는 게 아니고…… 그냥 써 봐라."

어른들 사이에 돌고 도는 민간요법일 듯해 반갑지 않았으나 딱히 거절할 이유가 떠오르지 않았다.

그날 이후 목훈은 그 대화를 잊었다. 기억이 되살아난 건 장례를 치른 지 일주일 되는 날이었다. 점심이 지나서 모르는 번호로 전화가 걸려 왔다. 목훈이 받지 않자 낯선 번호는 문 앞에 택배를 두고 간다고 사진 한 장을 보냈다. 성인 남자 허리 높이는 될 만큼 어마어마하게 큰 상자였다. 뒤이어 작은아버지의 문자가 도착했다. 택배가 올 테니 잘 받으라고.

원앙이 새겨진 목화 이불 세트였다. 시집가는 딸도 아닌데 혼자 힘으로 개고 나르기도 버거운 육중한 무게의 처치 곤란한 물건을 왜 보냈을지.

작은아버지는 재깍 그의 전화를 받았다. 어이없어하는 목훈과 달리 안도감이 느껴지는 목소리였다.

"잘 가서 다행이다."

"이걸 왜……."

"공장에서 세탁하고 항균까지 한 거니까 바로 써도 된다더라."

"아뇨, 이걸 왜 보내셨느냐고요."

"오늘 밤에 한번 자 보면 내일 아침에 개운하게 일어날 거야."

스피커폰 모드로 함께 듣고 있던 아내가 웃으며 말했다.

"신혼부부 원앙금침 같아요. 감사합니다."

그러나 매트리스가 아니면 잠을 잘 수 없는 목훈에게는 곤란한 선물이었다. 침대에 올리기엔 너무 육중하고 무거워 매트리스가 꺼질 듯해 어쩔 수 없이 침대 아래에 자리를 폈다. 고급 라텍스 매트리스를 두고 목화솜 이불 위에 누운 목훈은 작은아버지의 말을 곱씹었다.

"어렸을 때, 네가 예민해서 잠을 잘 못 자니까 할머니가 목화 이불을 덮어 줬다더라. 그 속에서는 몸부림도 치지 않고 잠을 잘 잤다고, 혹시 모르니까 목화 이불 한 채만 보내 보라고 네 아버지가 돌아가시기 전에 부탁하셨다."

목훈에게 없는 기억이었다.

불면증과 목화 이불이라, 어색한 조합이다. 숨이 막힐 듯 무거운 목화 이불이 그를 괴롭히는 머릿속 모든 근심과 걱정을 떼어 내 줄 리 만무함에도 목훈은 순순히 이불 속으로 들어갔다. 마치 겨울잠을 자기 위해 무거운 흙무덤 안을 파고드는 뱀처럼.

벽돌을 올린 듯 무거운 솜의 무게가 그의 온몸을 짓눌렀다. 깊은 잠이 아니라 무거운 중압감이 먼저 그의 몸을 휘감았다. 그는 꼼짝달싹하지 못한 채로 이불에 갇혔다. 기억 속에 묻어 둔 유년의 한 장면이 들이닥쳤다.

아버지의 폭력을 피해 이불 안으로 숨어들던 어린 날이 되살아나 마흔을 앞둔 그에게 공포를 상기시켰다. 몸부림치지 않았다고 회상했던 아버지의 기억은 반쪽짜리였다. 어느 쪽도 그를 위한 것이 아니었다. 증오는 빛이 바랬을 뿐, 상처는 아물지 않았던 모양이다. 아버지는 잠들지 못하는 그를 위해 무거운 목화 이불과 더 무거운 과거의 기억을 보내고 떠나갔다.

모든 것은 남겨진 자의 짐이 되었다. 이걸 버릴지 끌어안고 살아갈지, 상처로 남겨 둘지 새살로 덮을지. 목화 이불 안에서 목훈은 작은아버지가 한 다른 이야기를 떠올렸다. 곱씹을수록 말이 되지 않는 이야기였다.

"얼마 전에 찾아갔을 때 웬일로 기력을 좀 회복했길래 무슨 좋은 일 있냐고 했더니 글쎄 새벽에 멸치잡이 배를 탔다는 거야. 그것도 훈이 너랑. 그 배를 타니 못자리 파고 있는 중늙은이가 아니라 어린 너를 키우던 그때 생각이 나더라는 거지."

"아버지가, 배를요?"

"그냥 간밤에 꿈을 꿨나 보다 생각했지. 근데 대변항에 가서 그 배를 탔다 하잖아. 처음엔 뭔 노망이라도 났나 싶었는데 사람이 또 그리 팔팔해지니 다행이다 싶기도 하고."

그 말은 대변항에서의 기억을 떠올리게 했다. 그 멸치잡이 프로그램에 들어갔을 리 없다고 생각하면서도 혹시나 하는 마음이 들었다.

"멸치 털이 그거 아무나 못 하는 건데 네가 그거 잠깐 털겠다고 달려들어서 고생 꽤 했을 거라고 하더라. 몇 날 며칠 손가락도 못 들었을 거라고. 꿈을 참 야무지게도 꿨어."

실낱같은 가능성이 머릿속을 파고들었다.

새벽 2시가 넘어서 목훈은 수면제 한 알을 눈앞에 두고 망설였다. 지금이라도 이걸 먹고 잠이 들까. 모든 망상을 끊고 잠들어 버릴까.

목훈은 끝내 수면제를 먹지 않고 다시 잠자리로 돌아와 오래도록 뒤척였다.

8

계절은 바다의 조류처럼 순식간에 바뀌었다. 유난히 길었
던 겨울이 물러가고 봄이 찾아왔다. 그 봄의 초입, 아버지의 사
십구재를 치르고 돌아오는 길에 잠시 휴게소에 들렀다. 점심
때를 놓친 터라 가볍게 요기를 하는데 TV에서 논산 딸기 축
제 뉴스가 흘러나왔다. 현장 소식을 전하는 리포터를 멍하니
바라보고 있자니 모든 게 누군가가 쓴 시나리오대로 흘러가는
것 같았다. 아무리 애를 써도 뜻대로 할 수 없는 일이 있다는
걸 깨닫길 바란다는 듯.

봐라, 인생이란 이처럼 죽어라 어긋나고 네 뜻대로 되지 않
는 거다. 이제 그만 계획이란 걸, 의지란 걸 내려놓고 살아라.

어차피 인간은 운명에게 붙들려 끌려오게 되어 있으니까.

그 허탈함이 목훈의 마음을 순식간에 늙게 했다. DNA 텔로미어가 아닌 마음의 노화는 살갗의 흉터처럼 각인되었다.

선산을 다녀온 뒤에는 며칠 동안 멍했다. 아주 먼 곳을 헤매는 기분이었다가 또 불현듯 현실로 되돌아오기도 했다. 오후 내내 갈피를 잡지 못하는데 휴대 전화의 알람이 울렸다. 아버지의 치과 치료 시간이었다. 알람을 지우지 않는 이유에 대해선 달리 변명할 말이 없었다. 어차피 그런들 잊지 않았을 시간이고.

사람들은 그에게 시간을 주었으나 그는 갑자기 주어진 휴식조차 자신을 위해 쓰지 못했다. 결국 지친 몸을 이끌고 찾은 곳은 또다시 아버지의 치과였다. 야간 진료를 하는 날이었고 저녁 7시가 넘은 시간임에도 치과의 불은 환하게 켜져 있었다.

문을 열고 들어간 그를 반갑게 반기는 것은 아버지를 치료했던 중년의 치과 의사였다.

"어서 오세요, 기다리고 있었습니다."

"……."

"오실 것 같았거든요. 사십구재는 잘 치르셨나요?"

목훈은 그를 바라보았다. 구면인 의사 캐릭터는 자신이 한 프로그래밍 범주를 넘어서고 있었다.

"날짜를 꼽아 보니 오늘이더라고요."

대기실 소파는 순식간에 치료 의자로 바뀌었고 그는 의자를 가리키며 말했다.

"편하게 누우세요."

"어째서 나를 치료 대상으로 인식하는 거지? 난 분명 아버지만 치료 대상으로 설정했는데."

의사는 그의 질문에 아랑곳하지 않고 트레이를 끌고 와 진료 준비를 했다. 통유리에서 아지랑이 같은 실루엣이 떨어져 나왔다. 실루엣이 그에게 말했다.

"사람의 생각에는 울타리가 없지요. 치과 치료 프로그램이든 자가 치유 프로그램이든 이름만 다를 뿐 본질은 같잖아요. 치료 대상에 당신도 포함시킨 모양입니다. 아마, 당신의 무의식이 상담사를 키웠겠죠. 당신이 만들었으니 위해하지 않은 캐릭터일 거예요."

"……내가 그렇게 프로그래밍 했다고?"

"환자분, 이쪽으로 오세요."

연기처럼 떠돌던 남자가 치과 의사를 가리키자 한 동작만 되풀이하던 의사가 다음 동작을 수행했다. 어차피 모든 것은 그의 머릿속에서 떨어져 나온 환상일 뿐이었다. 이 버그가 어디까지 뻗어 나갈지 궁금했다. 실루엣은 여전히 그의 곁에 머물러 있었다.

목훈은 순순히 혹은 포기하는 마음으로 환자가 되기로 했다. 목훈이 의자에 앉자 의사는 그의 입을 벌린 뒤 안을 들여다보기 시작했다. 스케일링 기계음이 들려오고 차가운 물이 입안 가득 들어찼다. 가상이라는 걸 알면서도 잇몸이 시렸다. 의사는 뜬금없이, 어쩌면 주입된 명령대로 자신의 이야기를 꺼냈다.

"……5년 전에 아버지가 돌아가셨습니다. 비싼 임플란트를 심어 드린 지 딱 1년 만에요. 아무리 아들이 치과 의사라도 아까운 건 아까운 거죠. 돌아가시고 나니 그게 제일 후회되더라고요. 그놈의 임플란트 하랄 때 일찍 하지, 똥고집은. 혼자 울었죠."

50 줄을 넘어선 의사의 관자놀이 주변에 희끗희끗하게 서리가 내려앉아 있었다.

"지나고 보니 나만 그런 게 아니더라고요. 웃긴 게 친구들 중에 제 자식 때문에 속 안 썩는 놈이 없어요. 아버지가 나한테 해 준 게 뭐 있냐고, 머리 큰 애들이 덤빌 때가 된 거죠. 순리대로."

어쩌면 10년 전 자신에게 해야 할 말을 흘려보내는 중이라고, 목훈은 생각했다.

"한 바퀴를 돌아 보니 알겠어요. 탈피 같은 거죠. 그 자리에 내가 가 봐야 아는 거예요."

의사는 목훈의 입안을 소독하고 약을 바르며 이야기를 이었다.

"부모가 된 뒤에야 어슴푸레 누군가를 이해할 수 있게 되는 거지요. 부모가 되어서야 부모를 이해하게 되는 거, 그게 그렇게 늦도록 설계되어 있어요. 절대 먼저 되지 않아요. 이 VR로

앞당기려고 해도 세대를 넘어설 수는 없어요. 자식일 때는 전혀 알 수 없다가 부모가 되고 속이 썩어 문드러질 즈음에야, 그 나이 때에 나는 부모에게 어떻게 했나, 뒤늦게 돌아보게 되더라고요."

'모든 부모 자리가 같지는 않습니다.' 목훈은 자신이 분명 그 말을 대답으로 써 놨을 것 같은데 의사가 어떤 말을 할지 궁금해 대꾸하지 않고 듣기만 했다.

"그 사람을 이해하려면 그 아래로 가서 서 봐야 한다고, '언더, 스탠드'라고 하던데. 난 그거 순전히 말장난 같습니다. 아래로 가 서면 을이 되지 이해가 되나. 이해 비슷하게라도 하려면 차라리 그 옆에 서 주든가, 같은 곳이라도 바라봐 주든가."

맥이 풀렸다. 이 과정을 전부 자신이 프로그래밍 했다면 지금 이 사람이 하는 모든 말이 제 생각일 텐데도 무엇 하나 자기 생각과 같지 않았다.

"선생님이 하는 말은 내가 미리 넣어 놓은 대본일 텐데, 왜 하나도 와닿지 않는 걸까요?"

"글쎄요. 지금 목훈 씨보다 좀 더 나이가 들어 아버지를 이해할 수 있는 목훈 씨가 해 주는 말이지 않을까요. 아직은 이해가 되지 않는 거죠."

"로또 번호를 알려 주는 것도 아니고, 주식 시세를 알려 주는 것도 아닌데 내가 먼 미래의 나를 만날 이유가 있습니까?"

"부모는 돈 때문에 있는 존재가 아니니까요. 목훈 씨에게는

비어 있던 아버지 자리에서 이런 말을 해 줄 누군가가 필요했
던 겁니다."

"그랬을까 싶네요."

"일전에 정신과 의사의 얘기를 인상 깊게 들었던 당신은 그
의사인 저를 이 자리로 데리고 온 겁니다. 그 바람에 치과 실
력은 별로인 거고, 대신 심리 상담에는 조예가 깊죠."

"그럼 해 보세요, 그 심리 상담."

심리 상담가인 치과 의사는 눈웃음을 지으며 그에게 물었다.

"다른 형제가 있다고 들었는데, 환자분은 장남입니까?"

"⋯⋯아뇨, 위로 형이 하나 있었습니다."

의사가 묵묵히 그를 바라보자 목훈은 어렵게 입을 뗐다.

"일찍 떠났죠. 다른 형제들은 사느라 바쁘고."

뒤집힌 배에 형이 함께 타고 있었다는 걸 의사는 알고 있는
듯했다. 그로 인해 아버지가 모든 걸 포기했음을 목훈은 나중
에야 알았다.

머리가 희끗한 의사가 그를 돌아보지도 않은 채 말했다.

"다른 사람은 그 아버지를 붙잡지 않는데 아드님만 끝까지
붙들고 계시네요. 많이 닮았어요."

'도대체 어디가?'라는 생각이 어처구니없다는 표정으로 새
어 나갔다.

"아버지와 아들의 구강 구조는 닮을 수밖에 없어요. 부모님
중 영구치가 생기지 않은 사람이 있으면 자식들도 결손이 생

기는 경우가 있고, 잇몸 뼈가 튼튼한지 아닌지도 유전적인 영향을 많이 받지요. 환자분 같은 경우는 치아와 잇몸 뼈가 아주 튼튼한 축에 속하죠. 물론 좋은 유전 형질을 물려받았다고 해도 관리를 소홀히 하면 말짱 꽝이지만요."

"이것도 제가 프로그래밍 했나요?"

"아뇨, AI가 가지고 온 데이터예요."

시끄러운 석션기 소리에 묻혀 대화는 더 이어지지 않았으나, 그가 건넨 말은 툭툭 마음의 밑바닥을 건드렸다. 이상하게도 오랫동안 기억에 남았다.

간호사의 안내에 따라 다시 자리로 돌아왔을 때, 그의 가방 옆에 삼베에 싸인 아버지의 틀니가 놓여 있었다. 흙이 묻은 채였다. 이게 왜 여기 있냐고 물어야 할 이성은 잠잠하고, 쓸데없는 감정만 솟구쳐 올랐다. 왜 이 후회는 사라지지 않느냐고.

에필로그

온종일 뉴스에서는 절기가 바뀌어 경칩이 되었음을 알렸다.

입춘과 입추처럼 직접적으로 계절의 전환을 알리는 것도 아니고, 동지처럼 팥죽을 먹는 날도 아닌데, 다른 절기들이 묻혀 지나가는 동안 이상하게도 경칩만은 많은 이들의 입에 오르내렸다. 아직 이른 2월 초의 입춘보다 3월 초의 경칩이 좀 더 봄다운 봄에 가까워서일까.

경칩이 되면 메마른 나뭇가지 어딘가에도 때 이른 연두색 눈 몇 개가 움텄다. 그러나 도시에선 겨울잠에서 깬 개구리 울음소리를 듣기가 쉽지 않았다. 어린 시절, 시골에서 들었던 경칩의 첫 개구리 울음소리를 목훈은 기억했다. 새벽이슬과 할머니의 젖은 치맛단이 함께 떠올랐다. 새벽녘, 잠이 덜 깬 그는 할머니의 손을 잡고 날이 밝아 오는 논으로 향했다. 물 대기 전의 논은 말라 있었지만 그 옆의 풀숲은 이슬을 함빡 머금고 있었다.

그는 할머니가 쥐여 준 막대로 풀숲을 헤치며 나아갔다. 개구리조차 깨어나지 않은 새벽이었고 할머니의 치맛자락은 그 새벽이슬에 젖었다. 경칩에 개구리 울음소리를 제일 먼저 듣는 사람에게 한 해 동안 배불리 먹는 복이 간다는 믿음은 순전히 할머니의 것이었지만 그에게로 이어졌다.

개굴, 자다 깨 억울한 개구리 한 마리가 울음을 토해 냈을 때 할머니는 얼른 그를 품 안에 안아 누였다. 아이였던 목훈이 물었다.

"할머니, 제일 처음 들은 사람이 할머니야, 나야?"

"나는 귀가 어두워서 잘 안 들리니까 네가 제일 처음 들은 거지. 넌 서서 들었니, 누워서 들었니?"

"누워서."

"개구리 첫 울음소리를 누워서 들으면…….."

"편안하게 농사 짓고 서서 들으면 일이 바쁘고."

"내 새끼, 잘 기억하고 있네."

입에다 떠먹여 주는 밥처럼 귀에다 떠 넣어 주는 첫 개구리 울음소리 덕에 그해 목훈은 쑥쑥 자랐다. 되짚어 보니 물 선수였던 아버지의 배가 뒤집힌 해였다. 만약 그 경칩의 울음소리를 아버지가 들었다면 가족의 운명은 덜 가혹했을까.

좋은 기억과 나쁜 기억은 그렇게 혼재되어 그를 살아가게 했다. 어차피 시간은 흘러가고 기억은 희미해질 것이다. 좋은 것이든, 나쁜 것이든.

목훈은 덮어 놓았던 고등어잡이 프로그램을 용기 내어 다시 열었다. 모든 접속 기록은 저장된다. 아버지의 승선 체험은 영상까지 자동 저장 되게끔 설정되어 있었다. 목훈은 두려움 속에서 그날의 영상을 재생했다. 숨겨진 폴더에 아버지가 접속한 자료가 담겨 있었다.

요양원의 호출을 받고 급히 달려간 그 밤, 아버지의 의식은 이미 프로그램 속에 묶여 있었다. 헤드기어를 벗기고 의식을 깨우려 했지만 그는 돌아오지 않았다. 숨을 쉬고 있었으나 깊은 잠에 빠진 듯 미동이 없었다.

목훈은 아버지가 헤드기어를 끼고 접속한 것이 고등어잡이 프로그램임을 알았다. 그가 왜 접속했는지 이유는 알 수 없었으나 프로그램 안에 의식이 연결되어 있을 수 있겠다는 생각이 들었다. 만약 그 기이한 버그가 아버지를 붙들고 있는 것이라면……. 망설일 시간이 없었다.

그는 프로그램에 접속했다. 아버지의 세팅은 제주 남서쪽 해협, 배 여섯 척을 거느린 본선의 갑판원이었다. 목훈은 관리자 모드로 진입했다. 프로그램에 들어온 사람은 자신을 포함

해 둘. 그 외 다른 이는 없었으나 나머지 역할은 프로그램이 자동으로 수행하고 있었다. 그러나 본선과 등선, 운반선 어디에도 아버지의 모습은 보이지 않았다.

목훈은 어로장의 위치로 점프했다. 그 자리에서는 모든 선원의 위치와 통신 상태, 주변 배의 위치까지 조망할 수 있었다. 그때 그의 무전기에 통신이 들어왔다.

"묵 선수, 고등어 떼가 보입니다."

"아버지?"

그는 본선 갑판과 등선을 둘러보았다. 어디에도 아버지는 보이지 않았다.

"아버지, 지금 어디 계신 거예요?"

"지금 못 잡으면 고등어 떼 놓칩니다."

"무슨 소리예요! 당장 그만두고 돌아오세요. 화면 오른쪽 위를 보면……."

무전기에 이상한 잡음이 끼어들며 통신이 끊겼다. 시간이 한참 흐른 뒤 다시 아버지의 목소리가 들렸다.

"훈아."

"아버지!"

"……오늘 만선으로 돌아가자."

"그게 무슨 말도 안 되는……."

"고등어 한번 잡아 다오."

알 수 없는 뭔가가 목구멍을 막고, 새어 나오는 그의 목소리를 잡았다.

"어로장은 생각이 무겁고 판단이 빠른 사람이 제격인데 그게 바로 너다."

"……."

"아비가 못나서 그런가, 나는 너희들을 배에 태울 때랑 무거운 그물 당겨서 만선 만들 때가 제일 좋더라. 남들은 그런 험한 일 자식 안 시킨다고 하던데, 나는 너랑 해 보고 싶더라."

"왜요?"

"알려 주고 싶어서."

"그러니까 뭘요!"

"아비도 사는 동안 행복했던 사람이라고. 너한테 짐만 되는 뒷방 늙은이가 아니라, 자라는 너희들 내 힘으로 먹여 살릴 때 행복했다고 말이다."

그의 말을 끊고 통신장이 파고들었다.

"좌현 쪽에 고등어 떼 보입니다."

"……."

"앞으로 치고 나갈까요?"

그의 눈앞에 가상 스크린 매뉴얼이 떠올랐다. 총알처럼 움직이는 고등어 떼를 앞서 나가 그물을 내리는 타이밍이 중요하다. 상단의 불빛이 계속 깜빡이자 통신장이 그를 돌아보며 물었다.

"어쩔까요?"

어쩌면 오늘이 아버지와의 마지막일 수도 있다는 이상한 예감이 파도처럼 그를 흔들어 댔다.

"……배, 앞으로 갑니다."

그의 말이 떨어지기 무섭게 본선이 무서운 속도로 밤바다를 질주했다. 그 뒤를 등선과 운반선이 뒤따랐다. 고등어 떼가 있는 지점에 도달한 순간, 녀석들은 분위기를 직감하고 여러 무리로 흩어졌다. 또다시 옵션이 떠올랐다.

'집어등을 내려 고등어를 모으세요. 2시간 or 4시간.'

목훈은 두 시간을 택했다. 그의 선택은 곧 명령이 되어 등선에 설치된 여러 개의 수중 집어등이 바닷속으로 내려갔다. 배아래를 환하게 밝힌 수중 집어등 불빛이 환상적인 분위기를 자아냈다. 그리고 오랜 기다림이 이어졌다.

목훈은 비바람이 몰아치는 창밖, 갑판 위에 선 한 남자를 보았다. 남자의 시선은 집어등 아래 고등어 떼에 못 박혀 있었다. 그가 대답하지 않으리란 것을 알기에 이유를 묻지 않았다.

프로그램 속 두 시간은 실제 속도처럼 흘러갔다. 그 인고의 시간을 견딘 뒤 마침내 등선 선장에게서 연락이 왔다. 고등어 떼가 배 주위에 몰려들었다.

"그물 내립니다."

그의 말이 떨어지기 무섭게 크게 원을 그리며 출발한 본선이 1킬로미터에 달하는 그물을 내리기 시작했다. 본선이 등선의 안쪽으로 들어와 원의 끝을 막자 그물 안에 갇힌 고등어 떼가 도망치려 미친 듯이 날뛰었다. 그러다 갑자기 갑판 위가 시끄러워졌다. 그 광경을 보면서도 그는 도무지 상황을 짐작할 수 없었다. 그는 옆에 선 통신장을 돌아보며 물었다.

"무슨 일입니까?"

"그물 끝이 다 닫히지 않아서 고등어가 도망간 모양입니다."

몇 초의 망설임뿐이었으나 뒤늦은 결정이었다. 그의 실책을 알려 주듯 선택지가 다시 떠올랐다.

'그물을 감아올리겠습니까? 기다리겠습니까?'

그는 무전기를 감아쥐고 아버지를 불렀다.

"어떻게 해야 합니까?"

"……그건 어로장의 결정이다."

"아버지라면요. 조금 더 기다리실 건가요?"

"나라면, 감았을 거다."

목훈은 칠흑 같은 밤바다를 바라보며 아버지의 결정을 되새겼다. 그래, 아버지는 헛된 기대를 하기보다 다시 시작하는 쪽을 택하셨지.

"선장, 그물 감습니다."

어로장의 결정에 내려간 지 얼마 되지 않은 그물이 다시 감겨 올라왔다. 등선들의 선상 집어등이 가볍게 감기는 그물을 비추었다. 간혹 길 잃은 작은 고등어 몇 마리가 딸려 올라왔지만 거의 모든 그물코가 비어 있었다.

지켜보는 것만으로도 힘이 빠졌다. 그물을 다 감자 아무것도 없는 빈 바다만이 남았다. 선장이 그에게 물었다.

"이동할까요?"

"어디로요?"

"오늘 제주도 북동쪽 기상이 좋고 통신장 말로는 그쪽 선단
들 어획고가 좋다고 하네요."

"이동합시다."

배는 다시금 어두운 밤바다 위를 달려 나갔다. 그가 타고 있
는 본선을 선두로 등선과 운반선들이 뒤를 따랐다. 그가 나아
가는 방향으로 나머지 다섯 척의 배가 조금의 오차도 없이 이
동하고 있다는 사실이 목훈을 압박했다.

아버지가 꿈꿨다는 어로장. 대기업 임원급 연봉을 받지만,
그만큼 스트레스로 수명이 10년 줄어든다는 자리에 앉아 이제
야 아버지를 굽어보게 되었다. 아버지가 올려다보는 자리였으
나 정작 본인은 다시 꿈꾸지 않을 자리였다.

한 시간여를 달리자 GPS에 목적지가 나타나기도 전에 수많
은 집어등이 그들의 목적지를 알려 주었다. 이미 여러 선단이
자리를 잡고 성업 중인 바다에 그들은 뒤늦게 도착했다.

"야, 골목 입구부터 자리가 꽉 찼네요."

"여기가 명당인가 보죠?"

"고등어 등굣길입니다, 어로장님. 남동쪽이 비어 있는데 저
희는 1킬로미터 정도 떨어져서 그쪽에 자리 잡는 게 어떨까
요?"

"네, 출발하세요."

둘의 대화를 뚫고 아버지의 말이 들어왔다.

"출발하세요, 아니고 갑시다. 어로장은 말이 빠르고 짧아야 한다."

"그럼 본인이 하세요, 어로장."

이내 호탕한 웃음소리가 들려왔다.

"그 자리에 계속 있었으면 목숨 줄이 짧아져서 10년 전에 죽었을 거다."

뱃사람인 아버지에게서 처음 듣는 농담이었다.

"어로장님, 남쪽에 레이더가 잡힙니다."

"고등어인가요?"

"고등어 등굣길이라지 않습니까. 고등어 아니면 걔들 학부모겠지요."

"갑시다."

서진호는 쏜살같이 어군을 가로질러 달리기 시작했다. 배가 목표 지점에 이르자 어군 탐지기가 수많은 고등어 떼의 움직임을 포착했다. 단 한 번의 경험으로도 이 순간이 포획의 적기임을 알 수 있었다.

"앞지릅니다!"

본선이 고등어 떼 앞으로 치고 나가자 등선이 바짝 뒤를 쫓았다. 그 순간 그가 외쳤다.

"그물 내려요!"

배가 우선회하며 그물을 내리자 운반선이 포물선 밖에서 소리를 내며 그들을 압박하기 시작했다.

그물 안에 갇힌 고등어들은 도망갈 곳이 없었다.

운반선이 들어와 자리를 잡고 그물을 당기자 선상 집어등이 환히 밝힌 물결 위로 잦고 격렬한 파도가 일었다. 물결이 일 때마다 살고자 하는 생의 의지가 튀어 올랐다. 수많은 접촉 사고가 있었고 살점과 피가 튀었다. 그물의 아래 코를 조여 올리자 고등어 떼의 윤곽이 점점 뚜렷하게 드러났다. 목훈은 그물 속에 잡힌 물고기의 숫자가 적은지 많은지 가늠되지 않았으나 단 한 사람, 이 모든 걸 겪었던 아버지만은 알고 있으리라 짐작되었다.

"이 정도면 만족하세요?"

그는 먹먹한 심정으로 질문을 던졌다.

"……오늘 던진 것 중에 제일이다."

"지난 세월 동안은요?"

"좋았지."

아버지는 뜬금없는 대답을 했다. 그는 이제 목훈이 하려는 말에 먼저 대답을 던졌다.

"조금만 더 있자."

그들은 양망기가 감아올리는 은빛 그물을 오래도록 바라보았다. 어창에 쏟아지는 얼음 가루들이 튀어 올라 주변을 얼어

붙게 했다. 목훈은 아버지의 가슴께에 달린 종료 버튼을 향해 나아갔다. 그 순간 목소리가 그를 붙잡았다. 그들의 마지막 조업을 어둠 속에서 지켜보고 있던 반타 블랙이었다.

"조금만 더 시간을 주시죠."

"당신이죠? 아버지를 여기로 끌고 온 사람."

"치유 프로그램을 만든 건 당신이잖아요. 당신 아버지에겐 이 배 위가 그곳이고."

아지랑이는 그의 곁을 맴돌며 천천히 말했다.

"선장은 배에 자기 자식 이름을 씁니다. 이 거친 바다에 의지할 곳이라고는 뭍에 단단하게 뿌리를 내리고 있는 자식뿐이니까요. 자기를 붙들어 줄 것도, 의지가 될 것도 오직 그 이름뿐입니다."

"이 배 이름은 서진호예요."

처음부터 목훈은 첫째의 이름을 따 이 배를 만들었다. 거기에 많은 의미가 담겨 있었다.

"네, 이 배는 당신 인생이고 아버지의 것이 아니죠."

"가족을 버린 건 아버지였어요."

"염치없지만 다시 돌아오고 싶었던 거죠. 어로장이 되어 자기 선단을 꾸리고 자기 배를 모는 당신의 인생에. 하지만 고등어잡이와 자가 치유 프로그램이 불안정하게 충돌하고 있어 언제든 강제 종료 될 수 있습니다. 당신은 잘 알죠. 이곳이 아버지를 볼 수 있는 마지막 장소인 걸. 나와 실랑이를 하기보다 아버지와 시간을 보내는 게 더 나을 겁니다."

"그래서 당신은 뭐냐고! 왜 VR을 해킹 했냐고!"

"난 그냥 버그죠. 앞으로 인생에서 언제든 만날 수 있는 버그."

목훈의 몸은 순식간에 갑판 위로 내동댕이쳐졌다. 그 바람에 그의 헤드기어 속 스크린이 오작동되며 꺼져 버렸다. 프로그램 바깥으로 돌아갈 수 있는 유일한 탈출구는 강제 종료뿐이었다.

그 순간 350마력의 본선이 구형 선박으로 바뀌었다. 목훈은 자신이 관리자 권한을 상실한 상태로 다른 누군가의 프로그램 속에 들어와 있음을 알았다.

바다 위에선 불빛에 모여든 오징어 떼들이 춤을 추고 있었다. 목훈은 튀어 오른 밧줄을 붙잡고 간신히 몸을 지탱했다. 욕지기가 쏟아져 나오는 순간, 물에 젖은 그의 손을 붙잡은 건 아버지였다. 바닷물에 젖은 머리카락과 그 냄새, 처절한 눈빛. 모든 것이 실제였다.

이 모든 것은 자신이 만든 프로그램보다 더 뛰어난 버그가 만들어 낸 가상 현실이었다. 아버지는 물에 젖은 목소리로 그에게 물었다.

"네가 왔으면 했지만, 진짜 오길 바라지는 않았다."

그는 바닷물 때문에 감기는 눈꺼풀을 억지로 들어 올려 그를 바라봤다.

"가장 비참한 순간이었잖아요. 양망기 줄에 빨려 들어가는 걸 봤다면서!"

그의 목소리는 절규에 가까웠다. 그러나 그들을 바라보는 반타 블랙은 침묵했다.

목훈은 수많은 삶을 삼켰던 거대한 파도가 배를 향해 다가 오는 것을 보았다. 지금 종료 버튼을 누르지 않으면 자신의 의식이 죽음의 세계로 건너갈 수 있음을 알았다. 그는 마지막 순간까지 강제 종료 버튼을 움켜쥔 채 저항했다. 아버지에게 진짜 듣고자 한 마지막 말을 듣지 못하면 평생의 후회가 될 것 같았다.

목훈의 눈앞에 낯익은 목화 이불이 펼쳐져 있었다. 가공할 만한 비바람 속에 온전히 노출되었음에도 이불에는 물방울 하나 튀지 않았다.

"숨어라."

"왜요!"

아버지였던 남자는 비바람에 흩날리는 깃발처럼 나부끼고 있었다.

"이제 네 세상으로 돌아가."

"이건 내 배라고! 왜 이따위 시간으로 날 끌어와서는!"

아비의 침묵 대신 반타 블랙의 목소리가 끼어들었다.

"가장 힘들었던 순간이 가장 행복했던 순간일 수도 있죠."

반타 블랙은 어둠 속에서 누군가를 데려왔다. 아버지 곁에 낯선 노인 하나가 섰다. 그는 프로그램이 만든 캐릭터가 아닌, 반타 블랙이 불러온 또 다른 참가자였다. 그는 목훈의 아버지와 일면식이 있는 듯 다가가 반갑게 인사를 나누었다.

"목 선수가 찾는다고 하더니 진짜였네."

"어서 오게."

"내가 살아 있는 거요, 죽은 거요?"

"……오랜만에 물고기를 잡을까 해. 좀 험한 길인데 어찌하겠나."

"……사는 게 죽은 거나 매한가지니 제일 사람처럼 살던 자리서 죽는 것도 나쁘지 않지요."

"여기서 죽으면 실제 바다에서처럼 죽는다더군."

"그럼 저 세상 가는 길목인가 보네. 죽기 전에 제일 행복한 곳으로 불러 줬구먼."

"자네도 그런가."

"그럼요. 내 인생 촌촌이 행복했던 곳은 아무리 되짚어도 여기요. 고아로 태어나 길거리를 전전하며 부랑아로 살다가 배에 오르고서야 생전 처음 1년 뒤란 걸 생각해 봤으니까. 사람들은 배에 있는 침대가 좁다고 불평이 많았는데 나는 그 관 같은 침대가 너무 좋더라고."

"자네는 폭풍이 쳐도 무섭다고 하지 않았지."

"배가 뒤집히는 것보다 그 배에서 내리는 게 더 무섭습디다. 그래, 진짜로 물고기를 잡을 수 있습니까?"

"오늘은 만선일 걸세."

그는 아비와 함께 그물을 당겼다. 그 모습을 바라보는 목훈의 눈에 눈물이 차올랐다. 곁에 선 반타 블랙이 말했다.

"당신의 아버지가 내게 말해 주셨어요. 행복이란 건 정말 이상한 놈이라고. 그 행복이란 놈의 앞뒤에는 필연코 그에 필적하는 어둠이 필요하더라고. 행복과 불행이 뒤범벅되어 그 본래 모습을 찾아볼 수 없는 때야말로 가장 인간적인 순간이라더군요. 내가 번 돈으로 자식들이 먹고 살아갈 수 있다는 순전한 기쁨과, 죽음이 목전에 있다는 공포가 완전히 뒤섞인 순간 말입니다. 가장 빛나는 순간은 가장 깊은 어둠을 가져오게 마련이라는 걸, 우리는 죽음이 우리를 완전히 해체할 때쯤에야 깨닫고는 합니다. 그게 반타 블랙 같은 죽음일지라도, 우리는 저항해야 하죠. 손톱으로 긁어서라도 실낱같은 빛줄기를 찾아내는 게 인생이니까요."

"그래서 뭐! 나더러 저 바다에 뛰어들어 바닷물이나 긁어 보라고? 그럼 이따위 목화 이불을 만들지 말았어야지!"

아버지의 손에 붙들린 그는 순간 아버지의 시점으로 어릴 때의 자신을 보았다. 그는 그제야 이 낡은 배의 이름이 '목훈호'임을 알았다. 자신의 이름이자 아버지의 인생이었다.

아버지는 단단한 손으로 아들의 어깨를 감싸 쥐며 말했다.

"나는 이런 밤이면 네가 단꿈을 꾸고 있길 바랐다."

"왜 마지막 순간에 아버지 노릇을 하냐고요!"

"미안하다."

"아버지 생각이 아니잖아요! 프로그래밍 된 말이잖아요."

"……잘 자라, 훈아."

아버지는 어린 그를 목화 이불 안으로 밀어 넣었다. 어린 그는 자신을 슬프게 바라보는 아버지의 눈을 바라보았다. 그의 등 뒤로 모든 것을 집어삼킬 파도가 일었다. 파도는 순식간에 목훈호를 덮쳤다. 배가 뒤집히고 불빛이 사라지자 그의 의식도 프로그램 밖으로 밀려났다.

그 새벽, 목훈은 반타 블랙이 호출한 윤 팀장에 의해 발견되었다. 발견 당시 온몸이 물에 젖고 심한 타박상을 입은 상태였다. 윤 팀장이 조금만 늦었더라면 죽었을 거라는 무심한 말들이 흉흉한 소문으로 떠돌았다. 어쨌든 사고는 그의 부주의 때문이었던 것으로 일단락되었다. 실제를 능가하는 실제라는 VR 프로그램을 두고 여러 말들이 오갔으나 회사는 해당 프로그램을 재검토하기로 했다.

바로 그날, 같은 시각 요양원에 계시던 그의 아버지가 돌아가셨다. 목훈은 그 일을 누구에게도 발설하지 않았다. 윤 팀장이 응급실에 실려 간 목훈을 대신해 아버지의 죽음을 전하는 전화를 받았다. 그는 응급실에서 목 대표에게 부음을 전했다. 목훈은 이미 아버지의 죽음을 알고 있는 듯 망연자실한 얼굴이었다. 본의 아니게 목훈의 사고와 아버지가 돌아가신 경위를 지켜본 윤 팀장은 어쩌면 두 사람이 VR 프로그램으로 연결되어 있었을지도 모른다고 생각했다.

다음 날 윤 팀장이 장례식장으로 조문을 왔다.

"저, 대표님……."

"말해. 중요한 일이라 망설이는 거잖아."

"SNS에서 난리 났어요. 함 회장 자식들이 히말라야 VR 프로그램을 언론에 터뜨린 모양이에요. 그 인증을 마쳐야 유산을 상속받는데 자식으로서 참담함을 느낀다고. 뉴스에까지 나오는 바람에 우리 프로그램도 덩달아 공개가 됐어요."

그는 조심스레 말을 이었다.

"자식이 부모를 버리는 상황을 실제 상황처럼 체험하게 하는 거라고 알려져서 사람들이 벌 떼처럼 들고일어났다고요. 꼰대 마인드 어쩌고저쩌고……."

"사실이잖아."

"그 자식들이 회삿돈 횡령하고 아버지 주머니 털어 간 히스토리는 모르잖아요. 가만있으면 물려줄 유산인데 얼마나 사람 구실 못 했으면 그렇게까지 했겠어요. 이래서 양쪽 말 다 들어 봐야 한다고요."

"그런 이야기는 입단속시켜."

"다른 직원들이야 모르죠. 근데 프로그래머들도 고객 문의 전화 받느라 진땀 빼고 있어요. 업무 마비될 정도라니까요. 사람들, 진짜 대단해요! 회사 이름은 어떻게 알고 전화하는지."

"내가 부탁한 건?"

"아, 그 반타 블랙이 접속한 건 확인했는데 아무래도 그 때……."

"그때 뭐?"

"대표님이 접속하신 치과 프로그램을 통해 넘어왔을 가능성이 있어서요. 이게 해커 짓인지 오류인지는 확실하지 않고요."

"……치과?"

"다른 사람들한테는 말 안 했어요. 대표님이 아버지 치과 치료 프로그램 만드신 거요. 사적인 일 같아서 그 접속 기록은 오픈하지 않았습니다."

목훈은 한동안 말없이 창밖을 바라봤다. 윤 팀장은 더 이상 아무 말도 하지 않았고 둘 사이에 무거운 침묵이 찾아들었다.

"왜 그랬을까?"

"뭐가요?"

"아버지 말이야. 왜 그 배에 올랐을까?"

"대표님은 정말 그게, 그 저……."

"……그건 실제였어."

"공대 나오신 분이 위험한 발언인데요. 실제 세계가 VR 프로그램의 영역으로 넘어갔다라."

윤 팀장은 그의 곁에 앉아 조용히 물었다.

"언제부터 그 프로그램 쓰신 거예요?"

대답을 생각하는 순간 휴대 전화로 문자가 도착했다.

'주말에 산에 갔다가 내려오는 길에 닭백숙과 막걸리를 먹었다. 이를 해 넣고 나니 닭이 막걸리처럼 술술 넘어가더라. 다음에 같이 가자.'

돌아가신 아버지의 문자였다. 그러나 아버지가 이렇게 완벽한 맞춤법으로, 다음에 같이 가자는 말 따위를 했을 리 없다. 한눈에 가짜임을 알 수 있는 메시지였다.

문자를 보낸 건 목훈 자신이었다. 일주일에 한 번씩 정해진 시간에 도착하게끔 예약해 두었다. VR 속 정신과 상담의가 권했던 자기 치유 방법이었다.

가상일지라도 아버지에게 조금은 느슨해진 문자나 전화를 받는다면 그 미움이 희석될 것이라고 했다. 목훈은 과거로 돌아가 무언가를 바꾸는 대신 현재의 자신에게 아버지를 용서할 수 있는 메시지를 보내기로 했던 것이다.

그러자 현실의 아버지를 대하는 게 조금은 편해졌다. 치과 치료를 거부하는 아버지에게 VR 프로그램을 권하고 또 설득해서 다시 치과를 방문하게 하는 일련의 과정 속에서 목훈은 자신이 치유됨을 알았다.

2년 전 받은 진짜 문자는 닭백숙을 못 먹고 막걸리로 배를 채웠다는 내용이었다. 흘려보낸 줄 알았으나 명치에 박혀 내려가지 않은 이야기가 해를 넘겨 이렇게 각색되었다. 죽은 아버지를 붙잡고 억지로 닭고기를 먹으며 제 후회를 채우는 일인 줄 알면서도, 그는 다시 아버지를 생각했다.

"치과 시뮬레이션 만드시겠다고 했을 때, 왜 그렇게 세세하게 물어보시나 했어요. 안 하던 코딩까지 하시길래 이상하다고 생각했는데, 얼마 만에 만드신 거예요?"

"……아버지 병원에 계시는 동안. 통 잠을 못 자는데 생각은 많고, 밤에 할 일이 별로 없더라고. 할 수 있는 게 그것뿐이니 이것저것 집어넣었지. 상담 프로그램에 사진만 넣고 배경만 손본 거야."

"잘 만드셨던데요. 딸기 축제도 그렇고, 치과 의사도, 치료 과정도. ……후회되셨던 거죠?"

"……모르겠어. 처음엔 그냥 일이나 하자는 생각이었는데 막상 시작하니까 멈출 수가 없더라고. 우습게도 내가 빨리 손을 뗄까 봐 일부러 미흡한 요소들도 만들어 두고, 순간순간 부족하다고 느끼는 부분이 생기면 다시 손봐서 테스트할 이유를 찾고."

"잘하셨다고 하면, 제가 너무 주제넘죠?"

"어쩔 수 없어서 끌려다닌 시간이었어. 부르면 가고, 트레이 엎으면 다른 데 찾고. 그동안 나는 내 마음을 다하고 싶지 않았던 거지. 아버지가 애처럼 의지하려는 마음과 어른이고자 하는 마음을 동시에 가지는 게 싫었거든. 트레이를 엎는 걸 지켜보면서 내심 '그것 봐라, 곧 죽어도 무섭고 자기가 약하다는 걸 인정하지 못하면서.'라고 생각했던 것 같아. 그냥 아이에게 그러듯 모른 척 그 마음을 보듬어 줬다면 내 마음에 위안이 되었을까. 그렇게라도 이해해 보려고 했다가 버그가 생긴 건가."

혼잣말처럼 뱉은 말이었고 윤 팀장은 대답하지 않았다. 목훈은 그 새벽 구급차를 부르고 윤 팀장을 호출한 것이 반타 블랙임을 알았다. 마치 모든 것을 조망하는 듯, 그러나 인간의 슬픔으로부터 철저히 동떨어진 위치에서.

프로그램을 만든 원래 이유는 극도로 치과 치료를 거부하는 아버지를 위해서였다. 과정을 미리 체험하고 두려움을 덜면 치료 기구를 땅에 패대기치지는 않으리라 생각했다. 사전 체험이라고 달래면서 프로그램에 데려오길 몇 번, 하지만 아버지는 끝내 마지막 치료를 거부했다. '아팠지'조차 아버지의 어린 시절 트라우마를 극복시켜 주지는 못했다.

몇 번의 실패 끝에 목훈은 하릴없이 가상의 아버지를 그 프로그램 안에 넣었다. 어차피 병원에서 의뢰한 프로그램에도 치료 트라우마 관련 내용이 들어가 있었고 아버지는 수많은 캐릭터 중 하나가 되었다.

아버지의 트라우마는 흔들리는 이가 아닌 그 옆의 생니를 할아버지 손에 뽑힌 과거였다. 술에 취한 할아버지가 발버둥을 치는 그를 다리로 감싸고 우악스럽게 입을 벌려 이를 뽑았다고 했다. 그 이가 아니라고 말하기도 전에 다른 이가 뽑혔고, 그것은 어린 아버지에게 큰 상처로 남았던 모양이다. 평생 치과를 거부할 아픈 기억이 될 만큼.

아버지 자체가 상처인 목훈에게 프로그램 안에서의 아버지는 그의 기억 속에서보다 더 아버지다웠다. 조금 더 과묵했고 조금 더 쓸쓸했다. 모든 현실감을 배제하고 나자 그는 자신의 인생보다 목훈의 이야기에 귀를 기울여 주는 것 같았다.

이상한 생각이지만, 프로그램 안에서 아버지는 캐릭터라기보다 죽음에서 불려 온 사람 같았다. 가상 세계 속이지만 자신이 살아 있는 현실을 낯설게 느꼈다. 주위를 두리번거리기 일쑤였고 육체가 낯선 듯 손발을 들어 자세히 살펴보기도 했다.

프로그램이 가르쳐 준 상식 때문인지 아들을 대하는 태도는 애틋했고 애잔했다. 마치 경계 너머에서 살아 돌아온 영혼처럼 주변을 낯선 시선으로 돌아보곤 했다. 오랜 잠에서 깨어났을 때처럼 멍한 얼굴이었다가 시간이 갈수록 기억이 또렷해지는지 종내는 한참 동안 생각에 젖은 얼굴이었다.

목훈도 이해가 되지 않았다. 어째서 캐릭터에 불과한 아버지가 진짜 아버지처럼 느껴졌는지, 어째서 멸치잡이 프로그램으로 진짜 아버지가 들어오게 된 건지.

윤 팀장은 커피로 목을 축이며 목훈의 생각을 짚었다.

"목 대표님 아버지가 진짜로 바다로 가셨다는 거, 다른 사람은 몰라도 저는 한 60퍼센트 정도는 믿습니다."

"왜?"

"40퍼센트는 절 지켜 주는 이성 줄이고, 나머지 60퍼센트는 새벽에 그 난장판을 본 경험치죠. 대변항에서 VR이 아닌 진짜 배를 타 봤잖아요! 대표님 옷에서 나던 그 바닷물 냄새, 옷에서 나는 생선 비린내, 그건 설명할 수가 없더라고요."

"⋯⋯."

"대표님도 믿으시는 거죠? 진짜 그 바다를 다녀왔다는 거요. 바다가 진짜였다면 그 안에서 죽는 것도 진짜일 수 있죠."

목훈은 제 생각을 입 밖으로 내지 않았다. 폭풍우 치는 바다 한가운데서 목화 이불 안에 들어가 살았다고, 현실인 이곳에서 말할 용기가 나지 않았다.

"아버지는 거길 마지막으로 정하셨던 모양이야."

"로그인 기록이 대부분 항구나 바다예요. 마지막 며칠 동안은 거의 그 고등어잡이 배에 올라 계셨고요. 몸이 버티기 힘드셨을 텐데 어떻게 그렇게 꼬박 며칠을⋯⋯."

"가장 사람답던 시간이지 않았을까."

자신을 기다리는 누군가를 떠올리는 목훈호에서의 시간이야말로 아버지가 생생히 살아 있던, 그 자체로 충만한 시절이었을 것이다. 그날 밤늦게, 목훈은 며칠 만에 VR 헤드기어의 스위치를 눌렀다.

퍼석한 모래가 날아와 귀와 입 안에 들어찼다. 눈을 뜨고 앞을 분간하기도 어려운 모래바람 속에서 목훈은 낮은 천막을 발견했다. 아무것도 없는 황량한 들판에 홀로 서 있는 천막은 바람이 불 때마다 이리저리 흔들리며 금방이라도 무너질 듯 위태로워 보였다. 뜯긴 천 쪼가리가 바람에 날렸다. 목훈을 뒤쫓아 오던 동지가 그 천을 쫓아 들판으로 뛰어갔다.

담요를 걸친 채 화톳불을 쬐고 있는 노인 하나가 그를 바라보았다.

"왠지 여기 계실 것 같았어요."

"나도 자네일 것 같았네. 불 가까이 오게."

"지내실 만한가요?"

"뭐, 그럭저럭. 자네 아버지보다는 낫지."

"악담은 여전하시네요."

"소식 들었네. 자네 아버지는 평생소원 하나는 풀고 갔겠더군."

그는 대답 대신 화톳불에 마른 장작 하나를 넣었다.

"온 김에 바깥에서 마른 가지 좀 가져다주겠나."

목훈은 천막 주변을 돌며 마른 가지 몇 개를 챙겨 돌아왔다. 타닥타닥, 불 속에서 검불이 튀며 불꽃을 일으켰다.

"대표님, 만약 자녀분들이 찾아왔다면 어떻게 하실 생각이셨습니까?"

"……뭐, 진짜 여기서 반년을 살라고 했겠나. 그냥 얘기나 했겠지."

"근데 왜 꼭 히말라야여야 했습니까?"

"그놈의 휴대폰이 안 터질 테니까. 머리 맞대고 앉은 자리에서 꼭 휴대폰질을 하고 있잖나. '넌 떠들어라, 난 안 들을 테니.' 뭐 그런 거겠지. 그냥 온전히 애비랑 아들놈으로 만나는 자리였으면 했는데 때마침 TV에서 이 록파족 얘기가 나오더라고."

"그럼 있는 그대로 얘기를 하시지, 이렇게까지 하실 필요는 없었을 텐데요."

"……서로 진심을 보이기가 무서운 거지, 그놈들도 나도. 평생 살가운 사이가 아니었는데 갑자기 절절한 부모 자식 사이가 되어 보자면 도망가지 않겠나."

불퉁한 아버지인 그의 생각을 이해하기엔 목훈은 전적으로 자식 입장이었다.

"그냥 자제분들에게 사실대로 말하는 게 좋지 않겠습니까?"

"며칠 전에 프로그램 속으로 변호사가 찾아왔더군. 수임료 비싼 그 변호사 양반은 3분도 못 버티고 나가 버렸어. 가서 자기가 본 대로 전하겠지. 당신의 미친 아버지가 정말 그 체험을 세팅해 뒀다고."

"체력적으로 힘드실 텐데요."

"목 선수는 다시 배에도 올랐잖나. 이깟 게 뭔 대수라고. 뭘 모르는 남들 눈에야 그저 미친 영감으로만 보이겠지만 자네 아버지도 노인이기 전에 빛나던 시절이 있었거든. 세월이란 게 지나고 나면 때론 더 또렷해지는 순간이 있어. 노인네는 매일 그 기억을 꺼내서 반짝이게 닦아 보고 곱씹어 보고. 멸치잡이 프로그램을 보강해 달라고 한 건 자네가 못난 아비의 삶을 조금은 알아줬으면 하는 마음에서였네. 괜한 오지랖이지. 미안 했네."

목훈은 먹먹함에 고개를 돌려 먼 산을 바라봤다. 해가 빠르 게 지고 있었다. 사위가 어두워지자 지척 거리만 겨우 분간될 정도의 빛만 남았다.

"오늘은 이만 돌아가시죠."

"돌아가 봤자 병실 침상이네. 저놈이 무시로 들락날락하는 통에 적적하지도 않고."

함 회장은 제집인 양 늘어져 화톳불을 쬐고 있는 동지를 보 며 말했다. 목훈은 동지의 생각을 물었다. 녀석의 뇌파가 보내 는 대답은 '함께, 따뜻하게, 밥.'이었다.

"바람이 차네요. 오늘 밤은 바람을 조금 줄여 놓겠습니다. 더 필요하신 것 있을까요?"

"천막 주변 마른 가지는 죄다 주워 써서 더는 태울 게 없어. 돌아가면 땔감 몇 개 더 떨어뜨려 주게. 물 뜨러 갈 때 탈 조랑 말 한 마리라도 구해다 주면 좋고."

"시냇물을 좀 더 당겨 놓고 근처에 마른 나뭇가지 더미 만들 어 놓겠습니다."

"아냐. 그냥 조랑말 한 마리면 된다니까. 그거라도 타고 돌 아다녀야 몸이 풀리지 온종일 천막 지키는 것도 못 할 노릇이 야. 참, 저놈 먹을 거나 잊지 말고."

"······네."

그때 머리 위로 독수리가 큰 원을 그리며 날았다. 이 황량한 들판에서 노인이 죽기만을 기다리는 독수리는 함 회장의 요청이었다.

"목 대표······."

"네."

"자네라면 왔겠나? 자네 아비가 이런 자리를 만들어 뒀다면 왔을까?"

"······."

"자네는 이미 여기 왔는데, 목 선수가 부른 그 배에도 탔는데 실없는 질문이었네."

그는 밭은기침을 하며 말을 이었다.

"사람들은 자식 잘 키웠네, 자식 농사 잘 지었네, 그런 말들을 하지만 부모가 자식의 겉을 낳지, 속을 낳나. 다들 자기 힘으로 속을 채우는 게야. 부모는 그저 눈앞에 놓인 가시밭길 대신 밟아 주고 굴러오는 바위 막아 주는 것밖에 없어. 그러니 자네는 스스로 잘 자란 거지."

"······."

"'너한테 해 준 게 없어서 미안하다, 혼자 잘 자라 고맙다.' 목 선수한테 듣고 싶었던 게 이 말 아니었나?"

함 회장은 목훈의 마음을 정확히 짚어 냈다. 비록 아버지는 말없이 떠났으나 그 말은 얼어 있던 제 속 어딘가를 녹여 주었다. 그는 제 아들에게 하지 못했던 말을, 목훈은 자신의 아버지에게 듣지 못했던 말을 나누었다. 그것이 이 가상 세계에 가장 어울리는 대화일지도 모른다는 생각이 들었다.

"그래도 전부 이해되지는 않아요."

"이해는 결과가 아니라 과정일세. 함께했으니 됐네."

그 말은 방심하고 듣던 그의 마음을 순식간에 아릿하게 만들었다.

그는 로그아웃 버튼을 누르는 대신 함 회장에게 줄 나뭇가지를 구하기 위해 주변을 배회했다. 산이 시작되는 경계까지 하염없이 걸었다. 걸어도 끝이 없게 설계된 길임을 머리로는 기억해도 몸은 인식하지 않으려 했다. 발걸음에 채는 나뭇가지들을 한데 모아 함 회장이 가져갈 수 있도록 한곳에 두었지만 이내 바람에 흩어졌다. 조금만 덜 현실적이면 좋으련만.

목훈은 잠시 뒤를 돌아보았다. 그의 눈에 함 회장의 천막으로 걸어가는 누군가의 뒷모습이 보였다. 멀어서 잘 분간할 수 없었으나 열 살 남짓한 남자아이 같았다. 먼저 발견한 동지가 한달음에 달려가 그의 가슴에 안겨 얼굴을 핥았다. 아이는 주위를 두리번거리다 목훈과 눈이 마주쳤다. 눈매는 닮지 않았으나 그 속의 명민함은 꼭 닮은 것처럼 느껴졌다. 목훈은 그에게 짧게 눈인사를 건네고 다시 지평선을 향해 걸었다.

독수리가 긴 울음소리를 내며 주위를 날았다. 멀리서 그들을 바라보고 있던 반타 블랙은 목훈이 천천히 걸어가는 모습을 바라보며 그의 주변을 오랫동안 배회했다. 인간이 아닌 독수리의 시선이기에 많은 것들이 보였다. 더 높은 곳이어서라기보다 거리를 두었기에, 그는 많은 것을 볼 수 있었다.

지웅은 목훈과의 첫 만남을 어제 일처럼 기억했다. 두 사람의 첫 만남은 가상 현실 속이 아닌 상공 8천 미터 하늘 위였다. 그때 지웅은 전장에서 돌아온, 지쳐 버린 퇴역 군인의 마음이었다.

미국에서 공부 중인 그에게 한국의 가족은 할머니의 임종 사실을 뒤늦게 전했고 그는 어린 자신을 키워 주셨던 할머니의 마지막을 지키기는커녕 장례식조차 가지 못했다. 가족은 특별한 재주를 지닌 그의 성공을 바랐고, 앞날에 걸림돌이 될 만한 것은 아무것도 놓지 않고자 했다. 그게 가장 인간적인 희로애락의 감정일지라도.

화가 나기보다 허탈했고 모든 것에 무기력해졌다. 자신은 마치 늘 충전기에 꽂혀 있는 휴대 전화거나, 줄을 바짝 조여 놓은 바이올린 같았다. 강도 높은 무언가에 오로지 자신을 쏟아붓기만 해야 하는 삶을 산 뒤, 뒤늦게 번아웃이 왔다.

표면적으로는 할머니의 죽음이 촉매제였다고 할지라도 사실 지웅은 이미 오래전에 자신의 삶에 의구심을 가지고 있던 터였다. 어린 나이에 영재라 불리고, 미국 대학에 조기 입학 하고, 신문에 이름이 실리고 TV에 얼굴이 알려지는 삶은 지웅 자신이 바라는 모습이 아니었다.

자랑스러운 한국인? 그들의 대리 만족을 위해 살아야 하나? 자신은 그저 파도가 좋은 날 서핑 보드에 올라 석양이 지는 걸 보는 게 제일 행복한 10대일 뿐인데. 행복에 대한 정의가 겨우 하나뿐이라면, 바보 같은 삶이지 않나.

동생의 SNS에 올라온 가족 여행 사진을 보았을 때, 지웅은 아무도 없는 미국에서, 매일 꽉 막힌 벽 안에서 주변 사람들의 영광을 위해 사는 바보 같은 삶은 그만두자는 생각이 들었다.

누구에게도 말하지 않고 한국행 비행기에 올랐다. 며칠 밤을 제대로 자지 못해 몸 상태가 엉망이었다. 한국에 돌아가기로 한 순간, 참아 왔던 그의 몸과 마음이 무너져 내린 듯했다. 고열에 시달리던 지웅은 열네 시간 비행 내내 누군가의 보살핌을 받았다. 그는 옆자리에 앉았던 한국 남자였다. 생면부지의 사내는 스튜어디스에게 건네받은 체온계로 30분마다 열을 재며 땀을 닦아 주고 물을 먹였다. 가족도 없이 혼자 비행기에 탄 어린 소년에게 남자는 자신의 후드 집업을 덮어 주고 챙겨 가지 않았다.

지웅은 그의 흐릿한 얼굴선만 기억했다. 그는 검은 후드만 남기고 이름은 남기지 않았다. 이름조차 모르는 그를 찾기 위해 지웅은 항공사의 고객 명단을 해킹 했고, 그 사람의 이름이 목훈이라는 사실을 알아냈다. 개인 기록을 열람해 SNS에 남긴 짤막한 글들을 통해 다시 그를 만났다.

물론 두 사람은 현실 속에서 다시 만나지 않았지만 인터넷을 통해 자주 조우했다. 지웅은 그의 SNS를 팔로 했고 그가 올리는 짤막한 글, 이를테면 유기견 보호소에서 데려온 동지라는 이름의 강아지가 한쪽 눈이 보이지 않아 착잡하다는 글을 저장했다.

이 아저씨는 참, 한결같이 연민이 많은 사람이네.

지웅은 그가 남긴 글을 읽으며 목훈이라는 사람을 알아 갔다. 자라는 동안 자신처럼 쓸쓸했으며, 아버지는 오랫동안 가족을 떠났다가 다시 돌아왔고, 그 아버지와의 사이는 냉랭하기 이를 데 없고, 그럼에도 온 힘을 다해 아버지를 돌보고 있음을. 상처받은 어린 시절을 살았지만 상처를 주는 어른이 되지는 않은, 스스로 성숙에 이른 사람이었다.

목훈이 자주 가는 가상 현실 속 호텔에서 지웅은 그의 전담 컨시어지가 되었다. 그에게 하루를 물었고, 카드를 꺼내기도 힘든 피곤한 얼굴일 때는 대신 엘리베이터 문을 잡고 방으로 안내했다. 그가 이름도 모르는 소년인 자신을 도왔듯 지웅 역시 목훈을 도왔다.

단 하나의 실수는 목훈이 동지 프로그램에 BCI를 덧입히는 데 도움을 준 것이다. 아직 상용화되지 않은 BCI 기술이 오히려 목훈의 발목을 잡는 치명타가 되어 그의 프로그램을 흔들었다. BCI를 사람에게 접목시키는 일은 많은 이들의 동의를 얻지 못할 가능성이 높았다.

발전에는 필히 느린 구간이 필요했다. 스스로 사유하고 끊임없이 묻고 또 물어야 하는 단계를 지웅이 건너뛰게 만든 셈이었다. 그래서 지웅은 반타 블랙이 되어 목훈의 프로그램을 저지코자 했다. 서로가 서로를 구원하는 것은 인간의 숙명이랬으니.

목훈은 함 대표가 머무는 에베레스트산 근처 야영지로 돌아왔다. 지웅은 두 사람의 곁에서 그들의 이야기를 들었다. 두 사람은 하늘을 낮게 날며 그들 주위를 맴도는 독수리에게 별다른 관심을 보이지 않았다. 그 독수리에 다른 이의 시선이 깃들 수 있다는 상상은 하지 않았기에.

지웅은 늘 사람들을 부감하는 자리에 머물고자 했으나 오늘은 조금 낮은 곳으로 가고 싶다는 생각이 들었다. 천막 주위를 맴돌던 지웅은 천천히 땅으로 내려와 들판 위에 앉았다. 화톳불에 커다란 장작이 들어가자 주위가 더욱 환해졌다. 그들의 이야기가 길어지길 바라며 지웅은 한 걸음 뒤로 물러났다.

어디선가 불어오는 바람 속에 바다 냄새가 실려 있었다. 오래전 그들이 소년이었듯 이 늙은 에베레스트 또한 어린 바다였음을, 그 산 아래 서고 나서야 이해했다.